KB081386

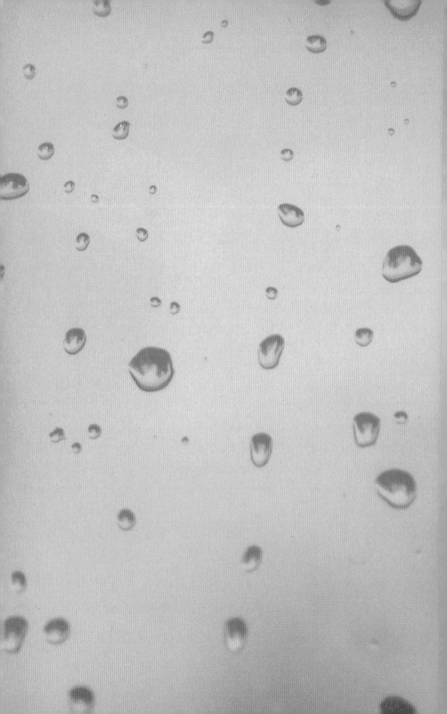

다시
시
　내릴
　비

다
시
　내
　릴
　비

김사윤 · **박경주** 지음

책엔

비가 내리는 바다, 그리고 다시 내릴 비

비를 좋아합니다. 세상의 온갖 생채기들과 협잡(挾雜)의 자국들을 바다로 씻어 보낼 수 있으리라 생각했기 때문입니다. 사람과 사람 사이에는 시간과 공간이 친밀한 정도에 따라 자리합니다. 때로는 곁에 있어도 서로에 대한 간극이 너무 커서 서로가 보이지 않을 만큼 멀어져 있을 때도 있지요. 각자의 주어진 시간은 소중한 이들과 함께 나누기를 소망합니다. 수많은 상처들이 바다로 모여 울부짖어 파도를 만들고, 그 부딪힘이 격랑의 시간이 되어 뭍으로 다시 올라오게 마련이지요. 그럴 때마다 끝없이 순환하는 삶의 질서를 깨닫곤 합니다.

우리 곁에 한 사람만 있어도 외롭지 않습니다. '그 사람' 같은 책이 되었으면 좋겠습니다. 수많은 사람과 관계에 관계를 더하는 것이 우리들의 삶이라면, 그 관계의 끝이 외로움이어서는 안 될 일입니다. 외롭지 않도록, 외로움을 보여주고자 했습니다. 외로우니까 외롭지 않도록 위로가 되어주는 그런 좋은 친구가 될 수 있다면 더 바랄 것이 없겠습니다.

이 작품이 독자들의 많은 사랑을 받았으면 하는 이유입니다.

2022. 8. 30
시인 김사윤

다시 내릴 비… 그것은 삶의 희망을 뜻합니다

오랜 시간 읽고 쓰며 살아왔습니다. 읽으며 미소 지어지는 행복한 책을 만들고 싶었습니다. 산문과 시를 함께 실어 독자들로 하여금 따뜻한 울림을 주는 책을 만들고자 노력했습니다. 한 글자, 한 글자 소중히 담았습니다. 마지막 장까지 살뜰히 읽고 다시 또 읽히는 책이길 소망합니다.

사랑하는 태수 씨, 상정, 아루, 엄마, 경희 언니, 서진습 목사님과 가족분들 그리고 지금 제 곁에 함께해 주신 분들과 부족한 저의 책에 머물러 주신 모든 분께 깊이 감사드립니다. 함께 고민하고 소중한 시로 함께해 준 김사윤 시인에게도 감사드려요. 그리고 류근 시인님 주신 따뜻한 격려 잊지 않겠습니다.

책을 엮으며 깨닫습니다. 삶이 힘겨워 '사랑'이란 단어를 잊고 살았지만 앞으로 살아갈 힘은 다시금 '사랑'임을….

행복한 일들이 흰 눈처럼 소복소복 쌓이는 겨울을 기다려 봅니다.

2022. 여름의 막바지

박경주

목차

사랑이란

1부

나, 사랑해?

사랑을 하게 되면 어느 시점에선가 꼭 확인이 하고 싶어져요.

"나, 사랑해?"

"어?"
선뜻 답하지 못했어요.

"아냐, 됐어."
라고 얼버무리며 상대는 애써 서운함을 감춰요.

그런데, 그때의 머뭇거림은 사랑하지 않아서가 아니었어요. 그 세속적이고 간질간질한 그 말만으로는 가슴 그득한 감정을 다 담을 수 없어서였어요. 지금 사랑을 하는 그대들! 혹여, 사랑하는 연인이 사랑하냐는 물음에 선뜻 답하지 못하더라도 서운해 마세요. 사랑하는 마음이 깊으면 대답 또한 선뜻 할 수가 없거든요.

사랑은 그런 줄 알았어요

팔베개는 목이 배겨 불편했어요. 그가 감싸 안은 팔의 무게에 가슴이 눌려 갑갑했고요. 내 쪽으로 향한 그의 숨결은 들숨, 날숨 내쉴 때마다 거슬렸어요. 잠을 설쳐도 행복한 척 참다가 잠을 설치기 일쑤였지요. 그러다 그의 코골이를 핑계로 떨어져 자게 되니 와! 세상 편했어요. 그도 편한 눈치였어요.

그땐 왜 그랬을까요? 사랑하면 불편해도 참아야 하는 줄 알았어요. 그게 사랑인 줄 알았어요.

그대와 함께

봄이면
분홍 벚꽃 비를 함께 맞기로 하자
몽환적이고 따사로움을 흠씬 느끼며
술잔에 벚꽃 잎 한 장 하느작 띄워
살짝 취해보는 것도 좋겠다.
봄날이 깊어 가면 밤 산책 시간도 길어질 거야.

여름이면
좋아하는 히가시노 게이고의 추리소설을 들고
단골 커피숍에서 더위를 피하자
눈꽃빙수와 아이스커피를 먹으면서
있을 만치 있다가 달이 뜨고 더위가 사그라지면
손잡고 밤길을 걷자
장미향에 젊은 날을 추억하고 설렘을 되새겨보며
여름밤은 그렇게 깊어 가겠지.

가을이면

낙엽 지는 호수공원 벤치에 마냥 앉아있자

알록달록 낙엽도 사람들 옷 색깔도

미술품처럼 감상해 보자

함께 본 영화에 대해 토론해 봐도 좋겠지

도톰한 패딩이랑 울 카디건 쇼핑도 해야지

가을이 짧은 만큼 우린 바쁠 거야.

겨울이면

눈이 내릴 때에 맞춰 더 하얀 나라로 여행을 가자

홋카이도쯤이면 좋겠다.

눈을 보며 뜨끈한 물에 몸을 담갔다가 노곤해지면

세상에서 가장 맛있는 우동을 먹자

사케도 한 잔 곁들여야지

아무리 추워도 우린 요령껏 따뜻할 거고

그렇게 긴 겨울을 길지 않게 날 거야.

매일이 아니어도 함께여서 감사하며
우리 이렇게만 살아보자.

– 매일이 함께여서 행복한 삶을 꿈꾸며 함께하게 되지만 삶이
때로는 감사하게 내버려두지만은 않아요. 비바람도 몰아치고 천
둥 번개도 쳐요. 그럼에도 불구하고 함께여서 감사한 이유는 함
께였기에 비바람도 천둥 번개도 헤쳐나갈 수 있었어요. 함께 무
언가를 꿈꾸기 전에 함께함으로 감사한 이유를 헤아려보세요.

대화

김사윤

잠시만 숨 좀 고르자 내 이야기 한번 들어 줄래
그렇게 몰아세우면 한마디도 할 수가 없잖아

무슨 할 말이 있냐고? 그래 처음부터는 아니야
분명히, 서서히 그래 맞아 네가 말한 대로야

그냥 그렇게 가지 말고 내가 할 말은 핑계가 아냐
물론 거짓말도 아니야 아냐 거짓말이야

여태 단 한 번도 잊은 적이 없었다는 말은 정말이야
아니 그건 정말이야 내가 더 잘할게

꽃

김사윤

꽃이었습니다. 잎맥이 썩어들어가 볼품없이 축 늘어뜨린 이파리를 가진 그대는 나의 꽃이었습니다. 갈라진 화분 사이로 메마른 분토가 삐져나와 더욱 메마른 세상에 혈흔을 남기는 그대에게 화분을 옮겨 주기로 마음을 먹었습니다. 어떤 아픔에도 갈라지지 않을 화분을 빚고 어떤 가뭄에도 마르지 않을 그리움을 담아 그대의 잔뿌리에 얽힌 미련들을 툴툴 털어 옮겨 심었습니다. 비가 내렸습니다. 오랜 고통의 가뭄을 이겨내고 매일같이 그대를 바라보는 나만의 비가, 그대를 적실 때마다 그대는 낯선 해갈의 희열에, 온몸을 떨었지요.

'난 어떤 비에도 젖어 들지 않아. 오로지 당신의 꽃일 뿐이니' 그대는 매일같이 주문을 외웠습니다. 그랬습니다. 그대의 잎에 생기가 돌고, 벌어진 꽃잎들이 힘을 모아 꽃봉오리가 되었습니다. 그대는 처음부터 꽃이었으니까요. 나의 화분에 피어난 그대는, 누가 보아도 아름다운 꽃이 되었습니다. 다만 그대가 날마다 봉오리들을 피워낼 때마다, 점점 나는 외로워졌습니다. 그대가 심어진 화분에, 엉겅퀴처럼 흉한 나의 온몸을, 서서히 담그고 뿌리를 내리기 시작했습니다. 나는 끝내 그대가 될 수 없었습니다. 처음부터 꽃이 아니었으니까요

잠시만 숨 좀 고르자
내 이야기 한번 들어 줄래

그렇게 몰아세우면
한마디도 할 수가 없잖아

가령,

이별

2부

어떤 이별

헤어진 사람의 모습은 헤어진 시간에 머물러 있어요. 어릴 적 살던 파란 대문집의 포도나무의 모습은 이사할 적 그대로 채 익지 않은 연둣빛 포도가 주렁주렁 매달린 싱그러운 모습으로 기억되어 있듯이….

가끔 마지막 이별할 때를 그려 보곤 해요. 오래도록 각인될 나의 모습이 이지러진 모습이 아닌 따뜻하고 고운 모습으로 남겨졌음 해요. 어쨌든 할 이별이라면 이별도 참하게 해내는 의연함이 있었으면 좋겠어요. 이별할 때마다 찌질함의 극한을 달렸던 내 모습은 늘 의연하지 못했어요.

며칠 전 본 영화에서 생의 마지막에서 자식의 행복만을 바라는 모정은 위대했어요. 마지막은 저래야 하거늘…. 마지막이란 단어는 생각하는 것만으로 슬픔이 차올라요. 그래서인지 생의 마지막을 덤덤히 맞는 사람들은 그 누구보다 위대해 보여요. 마지막을 아름답게 맞는 것! 제 소망 중 하나가 되었어요.

꼬마가 본 이별

열네 살…. 아이도 아니고 소녀도 아닌 그 어중간한 시절, 방학이면 늘 할머니 댁에 가서 지내곤 했어요. 옛 일본 가옥이었던 할머니 집은 꼬불꼬불 미로 같은 복도 사이마다 방이 많아서 신기하고 재미있는 공간이었어요. 할머니는 당시 모 여대 여학생 두어 명을 하숙을 했는데 그렇게 만난 언니가 승희언니였어요. 하얀 얼굴에 단발머리를 한 승희언니는 당시 여대생은 다 저렇게 예쁜가! 싶은 환상을 갖게 할 정도로 신비롭고 예뻤어요.

– 언니는 만화에 나오는 여주인공 같애.

– 주야! 너도 만화 주인공 같애. 미래소년 코난 있지? 거기에
　나오는 포비랑 꼭 닮았어.

네. 그랬어요. 난 포비를 닮은 주근깨 가득한 선머슴 같은 꼬맹이였고 승희언니는 그런 나만 보면 귀엽다며 까르르 웃었어요. 그런 언니가 어느 날부터 웃지를 않았어요. 밥도 안 먹고 병든 닭처럼 자꾸 앓기만 했어요. 할머니가 전해주는 얘기로는 언니가 사귀던 애인과 헤어졌다는 얘기였어요. 할머니는 별 볼 일

없는 머스마랑 잘 헤어졌다며 통쾌해 하셨지만 언니는 저러다 꼭 죽을 것만 같았어요. 그러던 어느 날 밤 아니, 새벽이었어요. 라디오에선 나지막이 음악 소리가 들렸고 그보다 더 나직한 흐느낌 소리에 잠에서 깼어요. 승희언니는 등져 누운 채 하염없이 흐느끼고 있었고 라디오에서 나오는 노랫소리도 함께 흐느끼듯 흐르고 있었어요. 그 순간이 살면서 왜 그리 잊히질 않던지요. 그 순간의 언니는 너무도 처연하고 너무도 아름다웠어요. 전 그때 다짐했죠. 승희언니처럼 나도 저렇게 슬픈 사랑을 하고 저런 이별을 해서 언니가 듣던 음악을 들으며 언니처럼 흐느끼리라… 암팡진 다짐을 했죠.

아! 그런 사랑을 했냐구요? 네! 했어요. 그런 이별도 했구요. 아름다운 이별요? 에이, 그런 건 없어요. 전 헤어진 다음날 술 옴팡 마시고 새벽에 찾아가 깽판쳐서 그 사람 다시 잡아왔어요.

이런 제 사랑 법에 결코 후회는 없어요. 오늘따라 그날, 승희언니가 듣던 정태춘, 박은옥의 〈촛불〉을 들어보고 싶네요.

일상의 이별

김사윤

그런가 보다. 어쩌면 처음부터 그랬나 보다
사소한 거짓말조차 용서할 수 없는 남자, 그리고
거짓말은 사소하니, 용서될 수 있다고 믿는 여자

그 둘의 만남은 처음부터 사소했다

비가 내렸을까. 눈부신 기억으로 남았으니
아무래도 여우비였을지도 모르겠다

그날도 사소한 남자와 사소한 여자는 만났다.
사소한 밥을 먹고 사소한 커피를 마셨으며, 또
사소하게 이별을 했다

비가 내렸다. 오늘은 줄곧 비만 내렸다.

나뭇잎이 비에 젖었으며, 가로등도 젖었으며

무엇보다 사소한, 남자도 비에 젖었다

여자는 사소한 남자를 어렵사리 지우기 위해

사소한 소주를 밤새, 마셨다. 사소하게

이별에 앞서

김사윤

어떤 날 어떤 사람이 어떤 이별을 들고 내게
그 이별이 지당한지 물어보는 그 이유
도무지 알 수 없어 고개만 끄덕인다

마침내 그 이별이 나와 무관하지 않음에
홀로 남는 나는 그런 사람이다

언제나 이별은 아이들의 손수건처럼
뭔가에 젖어 있다. 슬픔에, 홀가분함에 또한
더 많은 무언가에 늘 젖어 있다.

사람이 사람을 만나는데 무슨 이유가 필요할까
헤어져야 한다는데 왜 이유가 없을까

이조차 모르는 사람에게 사랑을 이야기한들
그 또한 무슨 소용이 있을까

가령, 이별

김사윤

처마로 떨어지는 빗소리, 이별을 다 하는 그 소리.

현실에서 멀어지는 건, 꿈으로 한 걸음 다가서는 일이다.
감정의 늪으로 빠져들어 본 당신이라면 알고 있다. 이미

돌이킬 수도, 돌아갈 수도 없는 헤어짐이 시작되었다는 걸
하나하나 희미하게 기억을 지우며 현실로 걸어가고 있는
뒷모습 외에 아무것도 보지 못할 것을 알고 있다. 이미

외로울지도 모른다. 당신은 아주 외로워질지도 모른다.
당신보다 내가 더 외로울지도 모른다만, 어쩌면

미래로 달아나는 당신을 쫓아가는 과거의 나란 사람은
속절없이 비만 기다리는, 비겁하지만 편안한 이별을 한다.

한발씩 빠져드는 영겁의 늪을 벗어나는 중이다. 지금

삭제된 인연

삭제된 인연이 하나하나 늘어날 때마다 가슴에 가시가 하나 씩 꽂혀요. 카톡은 참 예쁜 메신저예요. 간편하고 정스러운 소통을 주고받는…. 헌데, 삭제되는 서글픈 인연이 된 것을 확인하고는 가슴 속 구멍도 커지고 바람이 드나들어요. 겨울에만 이별을 안 하면 춥지 않을 줄 알았는데 여름날의 이별도 춥긴 마찬가지였어요. 어느 여름날의 이별이 지워지질 않아요. 몇 날, 며칠을 앓고 나서도 햇볕을 마주 보지 못했어요. 눈물을 들키니까요. 사람들은 타인의 미소는 지나쳐 가면서도 타인의 눈물에는 관심을 가져요.

오늘 나는 누군가에게 삭제되고 있을까요?

현실에서 멀어지는 건,
꿈으로 한 걸음 다가서는 일이다.
외로울지도 모른다.
당신은 아주 외로워질지도 모른다.

어린 기억

3부

신체검사

남학생은 이쪽, 여학생은 저쪽. 서너 뼘 간격의 거리를 두고 쭉 일렬로 줄을 세웠어요. 열두 살, 아이라고 하기엔 애매한 나이, 어설픈 젖몽울 수줍게 자리 잡고 그보다 더한 수줍음은 운동장에 삥 둘러 핀 사루비아 꽃처럼 붉기만 한데 꾸물대지 말고 빨리 웃옷을 걷으라는 남자 담임선생님의 호통소리에는 눅진한 담배 진과 함께 짜증자락이 묻어 있었어요.

열두 살, 아이라고 하기엔 훌쩍 커버린 조숙한 계집아이는 무엇인지도 모를 뾰족한 무언가가 가슴언저리를 자꾸만 콕콕 찔러대는 바람에 발밑만 막연히 바라보다 후두둑 눈물을 떨구었어요. 웃옷자락을 꼬옥 거머쥔 채….

아랫목 추억

아랫목에 대한 기억은 참 구수합니다. 그 시절은 왜 그리도 추웠던지요. 나갔다 들어오면 뜨끈한 아랫목에 발부터 들이밀었죠. 크지도 않은 이불 한 장 깔려 있고 아랫목에는 발에 채이는 밥그릇이 늘 달그락댔어요. 뜨끈한 아랫목에 배 깔고 엎드려 귤 까먹으며 동화책 한 권이면 세상 행복했어요. 그러다 잠이 솔솔 밀려와 한숨 달게 자고 나면 어스름 저녁답이 되곤 했지요. 김치에 된장찌개 하나로 차려진 밥상은 마냥 달큰했고 드라마 하나에 온 가족이 집중하며 그렇게 하루를 보냈었지요.

그 단조로운 포만감에 행복할 수 있었던 그 시절이 때로는 그립습니다. 지금은 행복하기가 어려운 내가 되고 말았어요.

따끈한 아랫목서 늘어지게 한잠 자고 싶은 날입니다.

승천(昇天)

구슬, 어릴 적엔 구슬이 용의 눈깔을 빼놓은 것 같다는 생각을 자주 했지요. 이유는 기억나지 않지만, 붉고 푸른 선이 휘말리고 뒤엉킨, 구슬 안을 들여다보면 영락없이 꿈틀대는, 용 한 마리.

구슬 따먹기에는 관심도 없었지요. 여기저기 비늘이 뜯긴 많은 구슬이 필요하지 않았으니까요.

동네 너른 마당, 한편에선 생선들을 품었을, 비린 나무 상자들이 늘 쌓여있고, 어른들은 땔감으로 늘 그것들을 부수어 불을 지폈지요. 폐유 드럼통이 열기에 녹아 찌그러져 가면, 꼬맹이들은 숯을 끄집어내서 통조림 깡통 여기저기 숨통을 뚫고, 별들을 가두어 빙글빙글, 가끔, 여기저기 떨어져 빛을 잃어가는 별.

구슬을 통해 바라보는 세상은, 지금까지 어지럽게 돌아가는 별들과 비린내 나는 연기로 흐리기만 하지요. 누군가는 열심히 불을 지피고, 누군가는 그 불이 잦아지길 기다렸다가, 작은 깡통을 빙글빙글 돌리다가, 불씨들을 놓쳐 버리는 세상.

구슬을 놓쳐 버렸습니다. 또르르 구르다 멈춰선 구슬. 불꽃을 가르고 비린 용 한 마리 하늘로 오르려나 봅니다.

대명책방

김사윤

어린 날 어머니의 손을 잡고 거닐던 시장은 거대한 지네의 다리처럼 수많은 통로가 이어져 있었고, 수많은 닭들이 고개를 꺾인 채 도마 위에 올라있는 모습을 애써 외면하며 지나치고, 솜털처럼 부드러운 털을 가진 강아지들이 사과 상자에 들어앉아 새로운 주인을 기다리는 자리에서 머뭇거리다가 마지막으로 들른 곳은, 늘 대명 책방이었습니다.

십수 년이 지나고 비가 내리는 날이면 어김없이 찾아 나서곤 했던, 낡은 책들이 익어가는 냄새가 어머니께서 삶아 주신 고구마처럼 푸근하고 아늑하게 입구에서 배어나고, 그 향에 취해 책 몇 권 펼쳐두고 주머니 속 동전을 헤아리던 그 어느 날, 누군가의 손에 길들어 너덜너덜해진 릴케의 시집 한 권을 끼고 가게를 나선 그날 밤, 주인 할아버지의 죽음을 전해 듣고 두려움에 떨던 나는 아주 겁 많은 청년이었습니다.

아무리 오랜 시간이 흐른다 해도 절대 사라지지 않을 것만 같았던 그곳, 대명 책방은 마침내 허물어져 커다란 식당이 불한당처럼 거들먹거리며 세워지고, 나와 어머니의 발자국을 불도저로 밀어 버리고 아스팔트가 깔린 낯선 곳이 되었습니다. 코스모스 줄기보다 더 가늘어질 추억의 끄트머리에 대롱 매달린 채 비 내리는 오늘을 흔들흔들 걸어가는 내 눈앞에 대명 책방 할아버지의 거칠고 긴 하얀 수염이 비처럼 내리는 저녁입니다

활자에 빠지다

어릴 적, 혼자 쓰기에는 지나치게 넓은 방에 혼자서 잠들기가 무서워 책장 안에 꽂혀 있는 책을 한 권씩 꺼내 읽게 되었어요. 제 나이 열세 살이었어요. 그때 무심코 골라든 책이 오혜령님의 〈일어나 비추어라〉였어요. 재능 있는 극작가였던 그녀가 말기 암 환자가 되면서 암을 이겨내기보다 암과 함께 동행한다 여기며 평범한 일상을 해 나가는 삶의 이야기가 치열하기보다 덤덤히 담긴 책이었어요.

'암'이란 질병이 무언지도 몰랐던 어린 나이, 그저 암은 무서운 병임을 티브이 드라마 속에서나 막연히 알았던 그때, 병마 앞에서 평온할 수 있었던 그녀의 대범함이, 게다가 투병 중에도 아름다울 수 있음에 놀라웠어요.

그 후부터였어요. 저는 활자중독증에 걸린 양 읽고 또 읽었어요. 지금도 활자중독 증상은 여전해서 안 읽으면 하루가 불안해요. 매일을 글 속에 담긴 울림으로 설레며 살고 싶어요.

코스모스 줄기보다 더 가늘어질
추억의 끄트머리에 대명책방 할아버지의
거칠고 긴 하얀 수염이
비처럼 내리는 저녁입니다.

청춘,

아름다웠을까

4부

청춘, 아름다웠을까

어릴 적, 동아리 방은 갈 곳 없고 돈 없는 젊은 청춘들의 쉼터이고 아지트였어요. 몇 평 안 되는 작은 공간에서 누군가는 담배를 피우고, 누군가는 기타를 치고, 누군가는 노래를 하고, 누군가는 과제를 하고, 누군가는 시를 쓰고 누군가는 먼 곳을 응시했어요. 그러다 해가 지면 어느 허름한 선술집에 모여 가장 싼 안주에 가장 싼 술을 바닥까지 긁어 마셨어요. 지금 그들은 어느 별에서 살고 지고 있을까요.

요즘 자주 들르는 작업 공간이 생겼어요. 이 공간에 있자니 그때가 떠오릅니다. 청춘은 돌아오지 않지만 좋았던 기억들은 자꾸 톡!톡! 가슴 언저리를 두드립니다.

꽃 같다던 청춘은 막상 향기롭지 않았어요. 반짝이지도 않았구요. 구체적으로 암울했고 진취적으로 시들하기만 했어요. 청춘의 사랑은 녹진한 장미향이 아니었어요. 내가 좋아한 사내들은 하나같이 나보다 어여쁜 여자가 옆에 있었고 외로워 죽을지

언정 곁에 두고 싶지 않은 사내들은 내게 목을 매었어요. 간도 빼어주려던 그들은 헤어지자 하면 성난 하이에나로 돌변해선 날 선 이빨로 잡아먹으려 으르렁댔어요.

꿈과 이상은 푸른빛이 아니었어요. 내가 하려는 것들은 발을 들이기 무섭게 사람들이 득시글댔고 난 휘이휘이 구경만 하다 발을 뗐어요.

술을 마시고 마셨어요. 몸 안의 적혈구에선 알콜 냄새가 났어요. 내 청춘의 기억은 그렇게 술에 절임되어 있어요

청춘, 한 번이면 족한

치열했지만 대단치 않았고 아팠지만 쓰러지지 않았지요. 바람결에 휙 날아가 버려도 그뿐인 그저 그런 내 젊은 날. 자신의 젊은 날은 꽃다웠노라 반짝임을 얹어 그리워들 하지만 내겐 다시 오지 않을 날이라 외려 다행인 무채색의 시간들이었어요.

나 죽어 저승 문턱에서 저승사자 가라사대 넌 착하게 살았으니 선택권을 주노라. 이승의 젊은 시간으로 다시 태어나게 해줄까 물으신다면 손사래를 치며 말하렵니다. 딱 한 번이면 족하다고….

청춘도 삶도 한 번이면 매우 족합니다. 최고의 삶을 살지는 않았지만 최선이었고 더 나은 삶을 살 수 있었대도 같은 자리에서 같은 선택을 했을 저를 압니다. 다가올 노년의 시간을 설레며 기다려 보렵니다.

갓 스물 그대들에게

김사윤

그대들에게 이르노니, 부디 사랑하여라.
온 마음에 염산을 뿌려 심장이 타들어 가는 인내(忍耐)
사랑은, 두 개의 심장이 하나 되는 의식임을
부디 잊지 말고 사랑하여라.

신들의 동산에는 사랑이 없다. 거짓말이다.
그들이 떠난 세상에, 남은 것은 인간의 사랑뿐이다.
시기와 질투는 사랑의 다른 이름이 될 수 없다.
사랑 그대로를 사랑하여라.

사랑, 사랑을 원한다면 제발 사랑만 하여라.
사랑이라면 악마의 유혹에도 굴할 이유가 없다.
어떤 이유로도, 사랑은 흔들릴 까닭이 없다.
사랑한다면 부디 그리하여라

부끄러운, 그러나

김사윤

부끄러운 일일 수도 있다
지난 시간 중에서 가장 소중하다고
당시 느꼈던 순간들이 시간이 흘렀다고
오늘 기억이 모호하다고 해서
그런 이유로 부끄러운 일일 수도 있다

부끄러운 일일 수도 있다
쏟아지는 빗줄기를 맞으며 골목길에
우두커니 서서 기다리고 또 기다리던
그 간절하고 안타까운 시간조차
부끄러웠던 기억 중 하나였을 수도 있다

부끄러운 일일 수도 있다
파우스트의 손을 맞잡고 보내던 시간에
바닷가에 악마의 그림자가 드리운 줄 미처
알지 못한 그 시간이 어느새 부끄러운
기억으로 남게 되어 그럴 수 있다

부끄러운 일은 그야말로 진심으로
부끄러워서 고개조차 들기 힘든 일은
이 모든 생소한 그리움들조차 멈추지 않고
끊임없이 찾아드는 공허한 시간들이 내게
참을 수 없는 모욕을 주는 일이다

그 간절하고 안타까운 시간조차
부끄러웠던 기억 중 하나였을 수도 있다

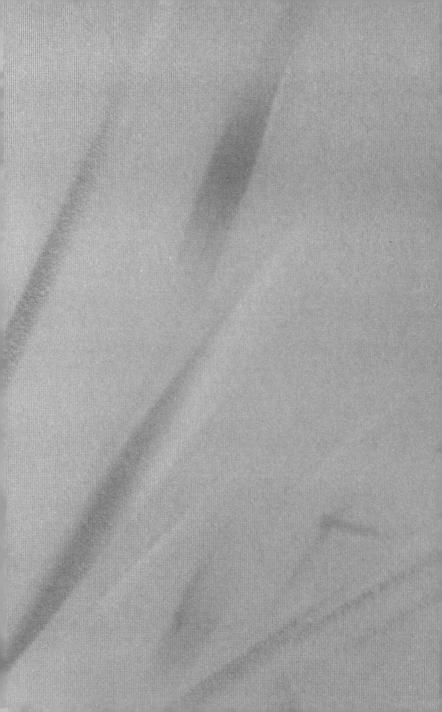

나이듦에 대하여

5부

운동하고 있는데 1

강도 높은 운동을 몇 년째 하고 있어요. 하면서도 너무 고통스러울 때는 여긴 어디? 내가 이걸 왜 하고 있지? 그냥 편하게 살면 안 되나? 뭐 때문에? 란 의문이 생겨요.

어제도 그랬어요. 빈약하기 그지없는 팔 힘으로 뻗대며 플랭크를 하고 있는데 도저히 못 버틸 즈음 "30초 더!"를 외치는 코치샘의 미소가 아수라 백작 같아 보였어요. 건강을 위해서 시작했는데 하던 걸 멈추자니 오기가 생겼어요. 생각지 못한 좋은 점도 있긴 해요. 머릿속이 복잡하게 엉키고 힘들 때 힘든 운동에 집중하다 보면 잊을 수 있거든요. 그러다 보니 타고난 물살이던 말캉하던 몸이 제법 단단해지는가 싶더니 어느 틈에 복근이며 잔 근육이 붙게 되더라구요. 헌데 말이죠, 딱 며칠만 운동을 쉬면 어렵사리 붙여 놓은 근육이 금세 어딘가로 도망가 버려요. 아니, 근육을 붙이긴 이렇게나 어려운데 잃기는 왜 이리 쉬운지요. 불공평하잖아요.

하루하루 나이듦을 실감하는 나이 운동만이 답이라 여기고 낑낑거리며 운동하고 있는데 요사이 무릎이며 허리며 어깨며 관절이 골고루 삐그덕대며 아우성이에요.

운동하고 있는데 이러면 반칙 아닌가요?

운동하고 있는데 2

난 어르신이 되었어요.

언제부터인가 휘트니스 센터에 파릇하고 젊은 물이 넘쳐요. 플라잉 요가는 꽤나 난이도 높은 운동이에요. 매달리고 올라타고 꼬고 뒤집고. 무엇보다 선생님이 요구하는 동작을 취하다 보면 몸에 통증이 따라와요. 여러 운동을 섭렵한 지 제법 되다 보니 엔간한 건 다 가능한 편인데 문제는 가르치는 어린 선생님이 문제예요. 난이도 있는 동작이 나올 때마다 매우 염려스런 눈으로 저를 바라보거든요.

"회원님, 괜찮으시겠어요? 힘드시면 이번 동작은 쉬세요."

아뇨, 난 할 수 있는데. 선생님은 말리고 싶은 눈치예요. 막상 선생님의 염려 어린 눈빛을 무시하고 동작을 취하면 동작을 하는 동안 내 옆을 떠나지 않아요. 늙은 회원이 무리한 동작하다 다치기라도 할까 봐 그러는 게지요.

아! 실버문화센터로 가야 할까요?

나도 할머니라 불리울까

언제부터인가 여린 새순이 눈에 들어와요. 에고, 올해도 싹 틔우느라 애썼다! 애잔함으로 쓰다듬어요. 등에 업힌 아가야랑 눈이 마주치면 까꿍! 얼굴의 온 근육을 최대한 열어놓고 매우 인자하게 웃어주며 늙은 할미가 하던 행동을 은연중에 따라 하고 있는 나를 발견해요. 나 또한 이리 나이 들 것이라고 예전에는 알았을까요?

어렸을 땐 여자 나이 쉰이 넘어가면 할머니인 줄만 알았는데 지천명이 넘었어도 여전히 여자라고 꿋꿋이 주장하고 싶어요.

어느 날… 누가 봐도 흰 머리 성성한 할머니일 때 그때는 내 마음도 하얗게 늙어 있을까요?

기억을 지우는 차

드라마에서 그래요. 망자는 저승사자 앞에 앉아 찻잔을 건네받고 그 차를 마시면 살아생전의 기억을 지울 수 있다 하자 망자는 멈칫하며 물어봐요.

"꼭 마셔야 하나요?"

그 차를 안 마시면 기억을 지울 수 없대요. 지난 삶, 아픔과 고통의 모든 기억까지 지워지지 않아서 다시 태어나 새로운 삶을 시작함에 어려움을 겪는대요.

난 곰곰 생각해 봤어요. 그 차를 마실까요, 안 마실까요? 안 마시려고요. 사는 동안 아팠고 슬펐고 뭐, 지금도 마냥 행복으로 채우며 살지는 않지만 그래도 소중한 사람과의 기억은 꽁꽁 여미며 가져가고 싶어요. 설령 지긋했던 고통의 시간까지 1+1로 가져가야 한다 해도 기억을 지우고 싶지는 않아요. 어쩌겠어요! 이렇게 생겨 먹은 걸. 그런데 드라마 속 대부분의 망자들은 망설이다 결국 그 차를 마시더라고요. 지우고 싶은 게지요. 현생의 기억을.

빈 배

김사윤

섬진강 포구에서 바라본 빈 배
어딘가로 향했을 뱃머리가 무디어 가고
내 독백을 저으며 고독으로 향하던 빈 배

슬픔의 포만감이 방광에 차오르면
노인은 모래사장에 배를 깐 배 곁에
우뚝 서서 볼일을 본다

바다에 서서 갑판에서 호령하던
지난날들이 떠오를 때는 누가 볼세라
두리번거리던 선장, 노인의 눈

배는 채우기 위한 것이 아니라
비우기 위해서 강을 건너고
바다를 건넌다

각질(角質)

김사윤

난 발뒤꿈치부터 죽어가나 보다. 없던 것이 생겨났건, 생살이 죽어가건 거슬리기는 매일반이다. 몇 해 전부터 아내는 발에 기름 바르는 횟수가 부쩍 늘어나는 눈치다

그게 뭐가 되었든 중년의 문턱에 서면 신체의 일부를 서서히 잃어가게 마련이다. 사람들은 마침내 각질로 온몸이 굳어가는 상상은 염두에 두지 않고 살아간다.

내가 아내의 각질을 애써 외면하듯 아내도 나의 각질을 보고 싶어하지 않는다. 죽어가는 삶이라는 어감, 소통하지 않는 삶이 죽어간다는, 그래서 더 외로울 수밖에 없다.

각질은 그리도 갈아내고 갈아내도 얼마 지나지 않아 홈쇼핑의 호스트와 함께 다시 돋아 있으리란 걸 이미 잘 알고 있다. 딱 지나간 시간만큼 두껍게 말이다.

죽어가는 어떤 것도 보고 싶지 않다. 죽어가지 않으려는 몸부림은 더욱더 보고 싶지 않다. 외로워질수록 각질은 두껍게 번져간다. 아내의 것이든, 나의 것이든 죽어가는 어떤 것도 보고 싶지 않다.
죽어가지 않으려는 몸부림은
더욱 더 보고 싶지 않다.
외로워질수록 각질은 두껍게 번져간다

동
화
처
럼

6부

호야의 그림자

　호야는 무거운 발걸음을 타박타박 옮깁니다. 오늘따라 집으로 가고 싶지 않았습니다. 학교 수업 마친지는 한 시간여나 지났어요. 고바우 문구점 앞에는 아직도 조무래기 아이들이 옹기종기 모여 앉아 뭔가를 들여다보고 있어요. 떡볶이집 앞엔 어찌나 꼬마들이 많은지 밖까지 나와 떡볶이를 먹고 있어요. 호야는 눈앞에 보이는 육교 쪽을 멍하니 바라보다 어딘가로 타박타박 발걸음을 옮겼어요. 조잘거리며 집을 향해 뛰어가는 아이들의 뒷모습이 부럽기만 했어요.

　호야에게도 집이 있어요. 할머니와 둘이 사는 작디 작은 집…. 나는 왜 다른 친구처럼 아빠,엄마와 같이 살지 않는 걸까? 하는 궁금증을 갖기도 했지만 굳이 할머니께 여쭙지 않았어요. 두려웠어요! 괜히 그걸 물어보았다가 아빠, 엄마가 영원히 못 오신다는 대답을 듣게 될까 봐서요.

오늘도 호야는 도시락을 싸가지 못했어요. 까짓 거, 그쯤이야 괜찮았어요. 점심시간이 되면 먼저 먹은 척하고 운동장에 나가 뛰어놀면 되거든요. 조금 있음 점심을 다 먹은 친구들이 하나, 둘 모여들 테고 신나게 뛰어놀다 보면 점심을 안 먹었단 사실조차 잊어버리거든요. 하지만 오늘 나온 따끈하고 반질반질 윤기 도는 커다란 급식 빵은 유난스레 먹음직스러웠어요. 저 급식 빵 한 개만 먹음 내일까지 든든할 것 같았어요. 어른이 되어 돈 많이 벌면 저 급식 빵을 매일매일 먹을 거란 결심을 하고 또 했어요.

그렇게 얼마쯤 걸었을까? 친구들의 모습은 보이지 않고 뽀얗던 햇살 대신 어스름한 어둠이 야곰야곰 깔리고 있었어요. 갈 곳이 없었어요. 아니, 가고 싶은 곳이 없었어요. 호야의 마음속에 무언가 모를 검고 무거운 그림자가 차츰차츰 차오르는 듯했어요. 저만치 자그마한 호야의 집이 희미하게 보였어요. 집이라 하기엔 너무 작고 초라한…. 그렇게 무거운 발걸음을 옮기고 있는데 어둠 속에서 자그마한 몸집의 누군가가 쉰 목소리로 호야를 애타게 부르고 있었어요.

"호야! 어이구 내 새끼! 어디 갔다 인쟈 온 게야? 밥도 못 먹고 배고팠을 낀데…. 어여 들어가자!"

작고 왜소한 할머니의 품에 안긴 순간 호야는 울컥! 터지려는 울음을 눈을 꿈뻑거리며 간신히 간신히 눌러 참았어요. 호야는 씩씩한 대장부니깐요. 그제서야 호야의 마음속 검고 무거운 그림자가 서서히 물러나고 있었어요.

호야는 지금 쉰이 훌쩍 넘은 어른이 되어 어릴 적 걸었던 그 거리를 걸어봅니다. 그때의 그림자가 지독한 '외로움'이고 지독한 '가난'이었음을 비로소 떠올리며 쓸쓸하게 미소를 짓습니다. 그리고 나지막이 읊조렸어요.

'호야! 여기까지 잘 왔구나!'

쉰셋…. 지금 호야에겐 어릴 적 검고 무거운 그림자 대신 한 줄기 어여쁜 빛 한 줄기가 가슴에 빛나고 있음을 느낍니다. 호야는 알고 있어요. 그 빛은 희망이고 가족이고 사랑임을.

준호의 장미꽃

준호는 요즈음 동네 어귀 장미 넝쿨에 자꾸 눈이 갑니다. 오 갈 때마다 마주치는 장미꽃밭의 장미들은 이제 막 연한 봉오리를 수줍게 내보이고 있었어요. 과연 어떤 모습의 꽃이 될까? 어떤 색깔일까? 어떤 향기일까? 하루, 하루 꽃이 피기만을 준호는 기다렸어요. 햇살이 화사하던 어느 날 준호는 드디어 보게 되었어요. 작디작은 꽃봉오리 하나가 이제 막 기지개를 켜듯 그렇게 수줍은 자태를 살짝 보이고 있었어요. 준호는 마음이 콩닥거렸어요. 그건 설렘이었고 관심이었고 그리고 사랑이었어요. 준호는 찬찬히 장미꽃들을 바라보다 나뭇잎 사이 그늘진 곳에 살포시 숨어있는 꽃봉오리 하나를 찾아내었어요. 그 어느 꽃봉오리보다 크고 단단해 보이는 그 꽃봉오리는 준호의 맘을 단박에 빼앗아 버리고 말았어요. 준호는 혼잣말을 했죠

'이 꽃은 내 거야! 내가 제일 먼저 봤으니까. 분명 이 꽃들 중 가장 크고 탐스런 꽃이 피겠지? 그럼 꺾어서 내 방에 가져다 놓아야지!'

준호는 그렇게 장미꽃의 봉오리가 기지개를 켜주길 기다리고 또 기다렸어요. 그렇게 시간은 흐르고 흘러 울타리 안 꽃밭의 꽃들은 하나, 둘 자태를 보이기 시작했고 장미향은 달콤하기 그지없었어요. 그런데 시간이 지나도 나뭇잎 사이에 숨어있는 준호의 장미는 여전히 단단하게 꽃잎을 여민 채 자신의 모습을 보여줄 생각을 하지 않았어요. 이제 울타리 안 장미꽃들 중 봉오리는 얼마 남지 않았고 준호는 초조해졌어요. 그러다 아! 하고 무릎을 쳤어요.

'내가 꽃잎을 열어주면 되잖아. 그러면 힘 안 들이고 꽃을 피울 수 있을 거야!'

이렇게 생각한 준호는 나뭇잎 사이 장미 봉오리를 찾아내 단단히 여민 봉오리의 꽃잎을 하나, 하나 조심스레 열어주었어요. 그러자 조오기 안쪽에 여리디 여린 꽃술이 수줍게 보였어요. 준호는 뿌듯했어요. 내일이 되면 준호의 장미는 그 어느 꽃보다도 활짝 피어 있을 테니까요. 준호는 어여쁜 장미와의 만남을 기대하며 집으로 향했어요. 다음날, 아침 해가 환히 웃어주는 시간이 되자 준호는 장미 울타리로 냅다 달음질쳐 갔어요. 그리고 준호의 장미를 찾았죠. 그런데… 이게 어찌 된 일일까요? 준호의 장미는 꽃잎을 다 떨군 채 시들은 꽃술만 아주 조금 초라하게 남아있었어요. 털썩! 준호는 그만 땅바닥에 주저앉고 말았어요. 준

호의 눈에 올망졸망 어여쁘게 핀 다른 장미꽃들이 눈에 들어왔
어요. 준호의 장미 봉오리보다 더 작고 여려 보잘것없어 보이던
그 꽃들은 어느새 스스로 만개하여 붉디붉은 빛으로 도도한 자
태를 뽐내며 생글생글 웃고 있었어요. 준호는 몰랐어요! 기다림
이 사랑임을. 오랜 시간 동안 차곡차곡 기다림이 쌓이면 다른 꽃
봉오리처럼 스스로 꽃잎을 열어 꽃이 피어남을 몰랐던 거예요.
쏟아지는 햇빛과 쏟아지는 장미꽃 향기의 달콤함에 준호는 현
기증이 일어 한참을 우두커니 앉아 그 자리를 떠나지 못했어요.

사랑하는 사람이 있나요? 때론 그 사랑하는 사람의 힘듦이
안타까워 도와주려 섣불리 손 내밀지 마세요. 스스로 꽃 피우고
열매 맺게 기다려주는 거, 그게… 사랑이니까요.

폐교 2018

김사윤

바람이 그네에 걸려 삐거덕 투덜대는 오후
길고 좁은 복도는 언제나 햇살로 도포되었지.

복도는 뒤꿈치를 들고 걷는 거야. 익숙해져야 해.
뛰면 안 돼. 여린 발바닥에 가시가 박힐 테니까

격자 창문들이 볕을 가르며 길을 나선다.

1980 조막손으로 초칠하며 내달리던 마룻바닥
복도 이 끝과 저 끝을 오가는 소란스러운 아이들
창문턱마다 대롱대롱 열매처럼 맺힌 동심(童心)

우르르 천둥소리를 내며 뒷걸음질하던 책상들
비질할 때 교실 가득 부유(浮游)하다 내려앉는 먼지
와중에 뒷문으로 달아나는 녀석의 몹쓸 패기
우리는 매일매일 그렇게 쓸어내고 닦아냈지.

2018 겨울. 학교는 외롭다.
조개탄인 양 타들어 가는 석양이 재를 넘는다.

복도는 뒤꿈치를 들고 걷는 거야.
익숙해져야 해.
뛰면 안 돼.
어린 발바닥에 가시가 박힐 테니까

소설처럼

7부

남자 이야기

　남자는 햇살이 치장을 하고 환히 비출 즈음이 되어서야 카페
의 문을 열었다. 주택가 모퉁이에 위치한 남자의 카페는 그다지
눈에 띄지 않는 야트막한 지붕의 주택을 약간만 손을 본 따스한
느낌의 카페였다. 나뭇결 느낌이 고스란히 전해지는 테이블 몇
개, 그리고 백열등 조명과 손때 묻은 낡은 전축과 라디오, 타자
기가 소품의 전부였다. 남자는 그곳에서 하루를 열었다. 그곳의
하루는 낮게 깔린 먼지처럼 천천히 그리고 낮게 흐르고 있었다.
언제부터 그곳에 있었는지 기억이 나지 않았고 딱히 기억하려
하지도 않았다. 그는 해가 뜨면 뜨는 대로 해가 지면 지는 대로
하루를 지낼 뿐이었다. 그런 그가 카페 앞에 나와 멍하니 하늘을
바라볼 때가 있었다. 그건 붉게 번지는 노을이 질 때였다.

여자 이야기

　여자는 목적 없이 아무 길이나 걷는 걸 좋아한다. 걷다가 눈에 들어오는 벤치가 있으면 털썩 주저앉아 멍하니 하늘을 보기도 하고 수첩에 무언가를 끄적대기도 한다. 맘에 드는 카페를 만나면 커피 한 잔을 마시기도 하는데 그런 그녀를 아무도 눈여겨보지 않았다. 어느 날은 책을 몇 권 들고 다니기도 하고 어느 날은 백팩을 메고 걷는 그녀는 여느 또래의 중년 여인들처럼 운동을 하듯 활기차게 걷지 않았고 그냥 시간 속을 음미하듯 걸을 뿐이다. 그런 그녀가 걷다가 걸음을 멈출 때가 있었다. 노을이 지는 하늘과 마주칠 때였다. 멈춰 서서 한참을 그렇게 보고 또 보았다.

남자 그리고 여자 이야기

　여자는 오늘도 걸었다. 한여름의 햇볕은 상상을 초월할 정도로 뜨거웠다. 입고 있는 흰 셔츠가 땀으로 축축했다. 여자는 언젠가 봐 두었던 모퉁이에 위치한 카페가 있는 쪽을 향해 걸었다. 몇 번 그 앞을 지나면서 카페의 분위기가 지는 저녁노을과 닮았다고 여겼다. 5분쯤 더 걸어가면 그 카페가 나올 터였다. 마침 카페가 보였고 여자는 카페에 들어섰다. 편안했다. 주방 쪽에서 커피 잔을 닦던 남자가 여자에게 인사를 건넸다.

　"어서 오세요."

　"라떼 한 잔 주세요. 아이스로요."

　구석 창가 자리로 가 자리를 잡은 여자가 이내 백팩에서 노트북을 꺼냈다. 남자는 커피를 만들어 가져왔고 맛있게 드시라는 인사와 함께 아주 잠시 여자와 눈을 마주쳤다. 여자의 눈이 맑았다. 남자는 자리로 들어와 자신도 노트북을 꺼내 어제 보다만 영화를 재생시켰다. 카페의 시간은 그렇게 평온하게 천천히 흘렀다. 햇살의 기운이 빠지는가 싶더니 어느덧 카페 안의 색깔이 옅은 붉은 빛으로 바뀌었다. 그 붉은 빛은 선명한 선홍빛으로 점차 바뀌고 있었다. 남자는 노트북을 덮고 카페 밖으로 나가 노을을 향해 섰다. 카페 안에서 노을 진 하늘을 바라보던 여자가 노을과 남자를 함께 바라보았다. 문득, 노을이 오늘따라 너무도 아름답다고 생각했다. 아니 노을과 남자가 하나 된 듯 아름답다고 생각했다. 순간, 여자는 노트북을 열고 정신없이 자판을 치기 시작했다. 〈제목-노을을 닮은 남자〉 글 제목이었다. 남자가 등을 돌려 그런 그녀를 보았다. 늘 바람했다. 커피를 내리는 그 공간 어딘가 숨결을 느낄 수 있는 누군가가 함께 있었으면 좋겠다고, 볼 때마다 가슴 저미는 노을을 함께 바라보았으면 좋겠다고….

　노트북을 앞에 두고 작업에 몰두한 여자의 얼굴빛에 서서히 노을빛이 스미고 있었다.

새벽, 불빛

김사윤

사랑은 받는 것도 주는 것도 아니라 하였습니다.
단지 사랑은 품고 또 품다가 마침내 넘치는 것이라
그리 말하였습니다.

사랑은 참고 이겨내야 얻을 수 있는 전리품이 아니라
뺨에 떨어진 빗방울의 차가운 첫 냉기처럼 놀랍고
여인의 가슴 사이로 흐르는 빗줄기처럼 부드럽고 따스한
그리움이라 하였습니다.

사랑은, 한 움큼씩 어둠을 베어 문 새벽 가로등처럼
저마다의 밝기로 오늘도 저만치 서 있겠지요.
우리는 비 맞는 가로등입니다

사랑은,
한 움큼씩 어둠을 베어 문 새벽 가로등처럼
저마다의 밝기로 오늘도 저만치 서 있겠지요.

우리는 비 맞는 가로등입니다

영화, 그대로의 세상

8부

예술의 길은 멀다

영화를 봤어요. 한참 주목받고 있는 영화인지라 제목은 안 밝혀요. 괜한 사견으로 누가 될까 봐. 영화의 작품성이야 전문가가 아니니 그것보다는 그저 평범한 아줌마의 소견으로는 인간의 광기 어린 욕망을 상상 초월한 잔인함으로 표현됨이 보는 내내 괴로웠어요. 몇 번이나 시계를 들여다봤어요. 이 잔인함을 얼마나 더 버텨야 할까.

예술의 경지란 이 모든 것을 포용해야 하건만 저는 멀었나 봅니다. 예측하건대, 이 영화의 흥행률은 당연 선두일 것입니다. 잔인함도 선두였으니까요. 뭐든 앞서간다는 것이 꼭 좋은 것만은 아니라 생각해요.

영화 미드나잇 썬, 그리고 아줌마

느와르작이나 범죄, 스릴러물을 그다지 안 좋아하는 편이라 그런 작품을 피해 가며 보는 편이에요. 영화 〈미드나잇 썬〉은 지고지순하고 순수한 사랑 이야기예요. 친구와 일찌감치 나서서 대구의 명동이라고 할 수 있는 동성로로 나갔어요. 극장에 자리 잡고 보니 영화의 스토리 때문인지 아님 대구 제일의 번화가인 탓인지 여기저기 죄다 어린 연인들이고 그 가운데 아줌마라곤 딱 우리 둘뿐인 상황이었지만 어쩌겠어요. 그러거나, 말거나 우린 그들 틈에 끼여 꿋꿋하게 영화를 봤어요. 영화의 내용은 대충 이러해요.

XP(색소성 건피증)란 회귀병을 앓는 케이티는 태양을 보면 신체에 이상 증상이 나타나고 심지어는 목숨을 잃어요. 어려서부터 햇빛이 차단된 방안에서 창밖을 바라보며 성장해 온 그녀는 창밖으로 이웃집 소년 찰리를 오랜 시간 지켜보며 마음을 키우죠. 그렇게 성장하는 찰리를 창밖으로 바라만 보며 하루하루를 사는 그녀 앞에 찰리가 버스킹을 하던 케이티의 노랫소리에 이끌려 다가와요. 운명처럼 둘은 사랑에 빠지죠. 희귀병을 앓는 케이티와 그녀를 사랑한 찰리. 얼마 남지 않은 생명 대신 찰리와의 마지막 시간을 함께 보내는 것을 택해요. 마지막을 함께 한다는 것, 슬프고도 아름다운 일이지요.

많이 울었어요. 앞에도 옆에도 뒤에도 죄다 꽃같이 어린 연인들 틈에서 어린 그녀들이 연인의 어깨에 기대어 혹은 손을 꼬옥 잡고 여리고 곱게 흐느낄 때 우리 두 아짐은 서로에게 휴지를 건네며 코를 팽팽 풀어가며 흐느꼈어요. 우린 불이 켜지기 전까지는 전혀 몰랐어요. 그리고 불이 켜지고 나서야 서로의 모습을 보게 된 거예요. 만약, 자막을 넣는다면 〈못생김 주의〉란 자막이 필요할 터였어요. 어린 그녀들의 흐느낌 이후의 모습은 어린 살구마냥 발그레하건만 울 두 아짐은 눈 팅팅, 코 팅팅 벌겋게 부은 모습이 한바탕 쌈박질이라도 하고 나온 양 그야말로 그녀들과 대조적으로 못생겨 있었어요. 우린 동성로 극장 물을 옴팡 버리고 왔어요.

영화 82년생 김지영에서 내 모습이

영화 〈82년생 김지영〉을 보았어요. 책을 먼저 읽었어요. 뭐, 평범한 우리네 이야기가 그닥 대단할 것도 없는데 왜 이리도 이슈가 되는 걸까가 의아했어요. 우리네 여성들 삶이 언제는 안 그랬던가요. 예전에도 그랬고 지금도 별반 다르지 않은데 말이죠. 단지 앞으로는 좀 달라질 희망이 보이려는 걸까요. 영화는 원작에 매우 충실했어요. 장면, 장면이 낯설지 않았고 익숙했어요.

결혼하고 맞는 나의 첫 명절, 지방에서 살던 우리 부부는 명절이 되면 가족들을 만난다는 설렘으로 시댁으로 향했어요. 반가움도 잠시, 앞치마를 두르고 끝도 없이 부쳐대는 전의 향연에 급기야는 속이 메스껍고 어지럼증이 오더라구요. 그때 든 생각이 1년 치 전을 몰아드시려나 왜 이리도 전을 부치고 또 부치는 걸까? 그 많은 전을 다 부치고 나니 산더미 같은 만두소가 기다리고 있었어요. 명절 다음날⋯ 아침잠이 많은 저는 아침이 참 버겁거든요. 부엌의 달그락거리는 소리에 잠에서 깨어 후다닥 부엌으로 나갔지요. 시어머니와 형님은 이미 아침 준비가 한창이었어요.

"더 자지 그러니?"

"다 잤어요. 이거, 다듬을까요?"

멋쩍은 대답과 함께 일거리를 주섬주섬 챙겼지요. 이 모습은 영화의 한 장면이자 나의 며느리 초년병 때의 모습이에요. 페미니즘 영화다. 남성 혐오 영화다. 말 많고 탈도 많다고 하지만 그 특별할 것 없는 우리네 모습이 그러한 걸 어쩌겠어요. 영화를 보며 여기저기 흐느낌이 들렸어요. 옆에서 눈물을 흘리며 닦을 것을 찾는 아줌마에게 커피숍에서 가져온 냅킨을 건네며 사이좋게 눈물을 훔쳤어요.

영화는 좋았어요. 영화 속에 나도 있고 우리 엄마도 있고 우리 주변의 익숙한 그녀들이 대거 출연하고 있었거든요.

우리가 주연인 세상, 더는 아프지 말기로 해요.

러브 스토리

김사윤

　나의 사춘기는 영화와 영화음악이 전부라고 할 만큼 치열하게 스크린 속에 빠져 살았다. <헐리우드 키드의 생애>라는 영화가 괜히 나온 게 아니다. 그때 가장 즐겨듣던 음악은 이탈리아 출신의 작곡가 Ennio Morricone의 작품들이 주류였던 것 같다. 여기에 충격을 준 작곡가가 2018년에 타계한 프랑스 출신의 Francis Albert Lai였다. 그 시기에 거의 쌍벽을 이루었다고 한다.

　영화 <러브스토리>는 1980년대에 개봉된 것으로 생각했는데, 궁금해서 찾아보니 1970년에 개봉된 영화였다. 그럼 난 어떻게 본 거지? 극장에서 본 것으로 착각을 했나 보다. <주말의 명화>나 명절에 TV에서 봤을 공산이 크다.

　그 영화에 등장하는 누구나 기억하는 유명한 대사 "Love means never having to say you're sorry"는 이해가 되지 않았다. 사랑하는 사람에게, 그것도 절대 미안하다고 하면 안 된다고? 왜? 사랑할수

록 더 미안해질 일이 늘어나는 일이 다반사 아닌가? 솔직히 지금
도 이해가 안 간다. 사랑하니까 더 많이 반성하고 사과하고 뭐, 그
래야 한다고 본다.

사랑한다면서 뻔뻔스러운 사람들이 점점 늘어만 간다. 사랑하
니까 모두 이해한다고? 이해가 되니까 사랑하는 거 아닌가? 사랑
이 개화기에 만병통치약을 전도(?)하던 약장수도 아니고, 무조건
그냥 사랑한다는 게 말인가? 멋지니까 이쁘니까 이래저래 잘나 보
이니까 등등으로 사랑하는 거 아닌가? 정말 그런가 하면 그게 아
니라는 것이 콩깍지라는 베일의 비밀이다.

조만간 올리비아 핫세와 레너드 파이팅 주연의 영화 <로미오
와 줄리엣>도 구해서 관람할 예정이다. 오래된 영화들을 굳이 찾
아서 보려는 건 나의 오래된 기억 중에 왜곡된 부분이 있다면 오해
를 풀고 지나가기 위함이다. 나의 삶을 하나둘 정리하면서 지나가
야 할 시기가 된 것 같아서 말이다.

밥정(-情)

김사윤

처음에는 '워낭소리'나 '님아, 그 강을 건너지 마오'의 아류쯤으로 어림짐작하고 삐딱하게 앉았다가 허리를 곧추세우게 하고 마침내 어깨를 들썩이고 훌쩍이게 했다. 영화 < 밥정 > 이야기다. 두 분의 어머니를 둔, 아니 두었던 방랑 식객 임지호 셰프의 이야기를 담은 독립영화 < 밥정(情) > 은 끝내 눈시울을 붉히게 만들었다.

한의사 아버지를 둔 고(故) 임지호는 생모를 불의의 사고로 잃고 12살 때 집을 나와 그 후로 생모에 대한 그리움과 새어머니의 기다림을 품은 채, 전국을 돌아다니며 잡초나 이끼 등 식재료로는 상상도 할 수 없는 소재들을 요리해서 밥상에 올려낸다.

소설가 이외수나 탤런트 김혜수조차 극찬을 아끼지 않았다는 그의 요리를 로드뷰로 그려낸 영화 < 밥정 > 은 화려한 음악도, 감동을 조장해낼 그 어떤 연출도 보이지 않는다. 도무지 박혜령 감독이나 그 외 스태프들의 연출을 위한 흔적을 찾아볼 수 없었다…고 생각할 뻔했다.

그냥 공짜로 생긴 초대권이니 그만큼의 성의로 그냥저냥 '잘 봤다'라고 인사치레만 할 요량이었는데, 말 그대로 빠져들고 말았다. 부모님과 함께, 특히 어머니와 함께 관람한다면 공감할 수 있는 대사들이 많이 나온다. 슬픔은 일반적으로 절망으로 이어지는데, 이 영화는 희망으로 연결 짓는 기염을 토해낸다.

적막하다 못해 삭막한 산야에 운무가 깔린 지리산 기슭에서 살아가는 노부부에게 돌이끼를 이용한 국을 끓여내고 밥상을 차리는 장면조차 감동적이다. 다큐멘터리 영화들이 갖는 최소한의 '어색함'도 보이지 않고, 너무 자연스러워서 8mm 가족 영화를 보고 있다는 착각이 들 정도다.

노부부 중 할머니가 돌아가셨다는 소식을 접한 쉐프 임지호는 자신의 두 어머니와 그 할머니를 위해 3일 밤낮으로 108접시의 요리를 손수 장만해서 올리면서 영화는 조용히 막을 내린다. 극장을 나서면 거센 눈보라나 폭우가 쏟아지고 있으리라는 착각이 들게끔 만드는 영화 < 밥정 >, 여러분들에게 자신 있게 권한다.

슬픔은 절망으로 이어지는 것이 일반적인데,
영화 〈밥정(-情)〉은 희망으로 연결 짓는
기염을 토해내는 것이었다.

어떤 하루

9부

잠 안 오는 밤에

일본 영화 〈심야식당〉처럼 밤 12시면 문을 여는 식당이 있었으면 좋겠어요. 언제고 잠 안 오는 밤, 혼자라도 스스럼없이 들어가 비집고 앉아 밥이고 술이고 마음 편히 먹고 올 수 있는 그런 식당…. 잠 못 이루는 사람들이 하나둘 모여 자연스레 눈인사를 건네도 좋구요. 아니면 그저 혼자 묵묵히 있다 와도 좋겠지요. 요리사이자 사장님은 넉넉하고 후덕한 인심과 편안한 성품에 음식 솜씨도 적당하며 지나친 관심보다는 자상한 마음 씀이 과하지 않은 잘생긴 외모보다는 따뜻해 보이는 나이 지긋한 분이면 좋겠어요. 저마다의 하루가 말 많고 탈도 많았을 테지만 이곳에선 따뜻한 음식과 술 한잔으로 위로가 되는 그런 포근한 다락방 같은 곳을 꿈꿔 보곤 해요.

요즘 들어 잠으로의 여행이 종종 어려워지곤 해요. 잠 못 이루는 밤 무슨 생각을 하시나요?

기다림의 차이

대부분 기다리는 쪽이에요. 급한 성격 탓에 도착하고 보면 십여 분, 어떨 때는 그보다도 더 일찍 가서 기다려요. 그런데 이상해요. 기다림에도 온도 차이가 있어요. 어느 기다림은 즐거워요. 책을 보기도 하고 창밖을 보면서도 하나도 지루하지 않은 기다림이 있는가 하면 어느 기다림은 지루해요.

기다림의 차이는 바로 기다리는 대상일 거예요. 누군가를, 무엇을 기다리는가 하는. 오늘도 나는 무언가를 기다리고 살았어요. 어쩌면 우리는 매일매일 무엇인가를 기다리며 살아가요. 매일이 지겹다는 사람에게 누군가는 그런 조언을 했어요. 소소한 무엇인가를 주문하고 그 물건이 도착하길 기다리며 살아 보라고… 작은 기다림이 기쁨이 될 수 있다고요.

오늘의 기다림이 아주 사소하고 하찮은 기다림일지라도 햇살 같은 기다림이길 또한 보듬고 싶은 기다림이길 바람합니다.

맨질맨질한 하루

맨질맨질한… 그랬어요. 아침부터 포근하다 여긴 햇살이 변덕 없이 내리 포근했고 늘상 보내오던 모 은행의 의미 없는 안부 문자로 보내진 글귀 한 구절에 마음이 닿아 스팸 문자로의 분류를 보류했어요. 커피가 잘 내려져 단맛이 났고 주차공간이 타이밍 좋게 비워졌어요. 남루하던 거리풍경이 화사해 보였어요. 걸음을 멈추고 벤치에 앉아 맨팔에 스치는 바람 한 줌을 살뜰히 챙겨 느껴보았어요. 계절은 조근조근 흘러 곁에 다가와 있었어요. 오늘은 그랬어요. 당신 생각에 시달리지 않고도 버틸 수 있었어요. 가끔은 돌부리에 채이지 않고 온전히 맨질맨질한 하루를 보내기도 해요

지혜롭게 산다는 건, 계절의 바뀜과 이별하는 것과 아픔에 초연해지는 법을 익히는 것이라고 생각해요. 계절은 오래 머물지 않지만 머무는 동안은 잘 어우러져 함께하는 게 요령이니까요.

더부살이

김사윤

감나무 잎들이 가을을 밟게 하더니
찢어진 잎들로 내 마음도 밟더라.

메마른 가지에 오르내리는 개미도
저만 살기 바쁘더라.

텅 빈 마당에 떨어진 감들조차
온통 핏빛이더라. 온통
핏빛이더라

지렁이 한 마리가 고개를 내밀더라

텅 빈 마당은 떨어진 감들조차도
온통 핏빛이더라.

우
체
국

앞
에
서

10부

봄날의 안부

잘 지내냐구요? 그저 봄바람일 뿐인데 휘둘리고 흔들리고 끌려갑니다. 밤에 나선 바람의 숨결은 그저 보드라웠고 이내 따끔거렸습니다. 비가 와 꾸무룩한 날이면 복부 쪽 오래전 꿰맨 자국이 간질거리고 눈이 내리는 날이면 양 어깨가 쑤시고 봄바람이 부는 날이면 가슴 언저리가 시큰거립니다. 계절의 변화는 우습게도 어딘가가 이상 반응이 나타나며 느끼게 됩니다. 꽃을 기다리는 마음에 눈을 받아들고 머무르려는 겨울을 밀쳐내는 중입니다. 느릿하고 고집스러움이 어떤 꽃을 피우게 될지가 궁금한 요즈음입니다.

잘 지내는 거지요? 그리 믿으며 저는 꽃을 마중하러 갑니다.

바다는 잘 있을까요?

안 풀리던 작업을 마치고 나면 나 자신에게 하루 휴가를 줬어요. 바다가 보이는 숙소를 잡아 낮은 음악을 틀어놓고 종일 책을 읽다 눈 아프면 자고 간간이 창문을 열어 바다 소리를 들었어요. 그러다 펑펑 운 적도 있어요. 아주 뜨끈한 물을 받아 몸을 담그고 아주 시원한 맥주를 마셨지요. 시계를 보지 않고 탱자탱자 그렇게 하루를 보내요. 그러고는 감쪽같이 말짱해져선 일상으로 복귀하곤 했어요.

몇 해 전, 그런 하루의 휴가를 보내던 중 편의점서 캔맥주와 하리보 젤리를 사서 오는데 뒤에서 누가 불러요. 그 사람은 저와 눈이 마주치자 아무것도 요구하지 않았어요. 노숙을 하는 분 같았어요. 그의 눈빛이 겨울바다처럼 많이도 헛헛해 보였어요. 갖고 있던 캔맥주 하나를 건넸지요.

그때의 바다도 헛헛한 눈빛의 아저씨도 잘 계시겠지요.

편지가 그리운 날의 독서 '친애하는 미스터 최'

일본의 그림책 작가 사노 요코와 울산대 교수이자 작가인 최정호는 20대에 베를린에서 만나 40여 년간 편지를 주고받는 벗이 됩니다. 후에 사노 요코가 유명 작가가 될 줄 최정호 그는 알았을까요. 두 사람의 편지를 읽으며 사실, 부러웠어요. 편지만큼 진실하고 섬세한 소통이 어디 있을까요. 필담을 좋아하는 제가 특히, 조심하는 것은 음주 후 필담이에요. 마구 솔직해지고 바보가 되거든요. 여즉 포장해 온 공든 이미지가 와르르 무너지는 건 순간이에요.

문득, 별 보며 지웠다 다시 쓰고 한 글자, 한 글자 공들여 써 내려간 손편지가 그리워지는 날이에요. 편지를 읽을 상대를 떠올리며 죽을 만치 쿵쾅대던 가슴… 고백하건대, 저는 편지로 참 많은 덕을 보고 살았어요.

그 시절, 편지를 주고받던 추억이 그립다면 이 책 보세요. 60년대 후반 두 사람이 주고받던 편지글이 전혀 고루하지 않고 세련된 감성과 문장으로 그득해요. 나른함이 깃든 오후, 문득 편지가 쓰고픈 날입니다.

편지의 힘

대학 시절 연합동아리에 들었어요. 그때는 남학생들이 군에 가기 전 일주일 동안 '문무대'라는 군사 훈련을 받고 훈련받은 기간만큼 군 기간을 면제받는 그런 제도가 있었어요. 그 기간 동안 여학생들은 남학생에게 편지를 써서 호감 있는 남학생에게 은근히 마음을 표현하기도 하고 남학생들은 여학생들에게 받은 편지의 수로 인기도를 확인하기도 하는 흥미로운 행사였어요. 우리 동아리 방에는 매우 인기 있는 남학생이 있었어요. 우수 어린 분위기의 그는 세상만사 관심이 없어 보였고 여학생들의 은근한 눈길에도 무심히 담배만 피워대고 있었어요. 그래서인가, 그 애의 무심함이 더 특별해 보였어요. 모든 여학생들의 시선은 아닌 척 그를 향했고 저도 어느 순간부터 그를 보고 있었어요. 그러던 중 그 애를 포함한 몇 명의 남학생들이 문무대에 입소한 다는 소식이 들렸어요. 여학생들은 이때다! 싶어 평소 관심이 있는 남학생에게 편지를 보냈어요. 저 역시 보냈지요. 일주일 후, 남학생들은 훈련을 마치고 캠퍼스로 돌아왔고 그 인기남은 내 남자 친구가 되어 있었어요. 그리고 여학생들에게 저는 세상 나쁜 논이 되어 있었구요.

칫, 지들도 편지 좀 잘 써 보던가!

유서(遺書)

김사윤

이 겨울에 근사한 외투 한 벌 가지고 싶다.
그대를 품고도 남을 넉넉한 외투 한 벌을 입고
마른 낙엽들의 숨결들을 길 위에 흩뿌리며
당신의 기억 속에서 사라지고 싶다.

밤새 그대의 한숨들이 희뿌옇게 내려앉은
시린 안갯속을 거닐다 보면 어느덧 밝아오는
아침을 가슴에 품고도 남을 넉넉한 외투를 입고
길을 나서고 싶다.

풀숲을 헤치고 고개를 내민 작은 들꽃에
고운 미소를 건네고 다시 돌아오리라는
약속 한 잎 야윈 줄기에 매달아 주고
한기를 여미며 먼 길 떠나고 싶다.

언젠가 따스하고 넉넉한 외투 한 벌이
하늘에서 너울너울 춤을 추는 날
나는 눈이 되어 서두르지 않고 천천히
그대의 어깨에 내려앉고 싶다.

하늘에서 너울너울 춤을 추는 날
나는 눈이 되어 서두르지 않고 천천히
그대의 어깨에 내려앉고 싶다

앓는 중입니다

11부

울음을 꺼내어 말리다

난 잘 나갔어요. 그리 믿고 살았어요. 나를 원하는 일들이 여기저기 그득했어요. 그러다 밤이 되면 이유도 모를 무언가가 가슴을 비집고 들어와서 절절 매다 캔맥주를 몇 개 마셔야만 간신히 잠을 청했어요. 그 잠속에서 언제부터인가 낯선 남자가 쫓아와 괴롭히기 시작했어요. 밤마다 사투를 벌여야만 하는 악상황이 계속되던 어느 날, 그 전날도 사투가 격렬했던 밤을 보내고 아침에 급기야 오른쪽 얼굴의 반쪽이 치과에서 마취 주사를 맞은 것같이 말을 안 들었어요. 눈도 깜빡여지지 않았고 입꼬리가 안 올라가는 이상한 일이 벌어졌어요. 일시적인 거려니 무시하고 오전에 미팅 장소로 나갔어요.

기획안을 상의하느라 만난 나이가 지긋하신 원장님은 오래 알고 지낸 분이셨어요. 내 모습에 당황하신 그분 앞에서 난 아무렇지 않은 척 웃어 보이며 너스레를 떨었어요.

"원장님! 보시기 좀 불편해서 그렇지. 전 괜찮아요. 이러다 낫겠죠."

11부

날 물끄러미 바라보시던 그분께서 조용히 말씀하셨어요.

"경주 씨! 그렇게까지 애쓰지 않아도 돼. 지금은 웃지 않아도 돼. 지금 자기는 웃는 거 같지? 내 눈엔 우는 걸로 보여. 좀 편하게 살아 봐."

그 말 한마디가 무에 그리 서러웠을까요? 그대로 테이블에 엎드려 끅끅 울고 말았어요. 그동안 매일을 웃으면서도 사실은 울음을 쌓아놓고 살았던가 봐요. 그 웃음은 보여주기 위한 웃음이었어요. 두어 달간 쉬면서 내 안에 울음을 꺼내어 말리는 시간을 보냈어요. 차츰 내 얼굴은 원래대로 돌아왔어요. 매일 웃을 필요 없어요. 때로는 울음도 꺼내야 한다는 걸 그때서야 알았어요.

나부터 아껴주세요!

집에 우환이 있었어요. 처음 겪어보는 큰 파도에 어찌할 바를 모르겠더군요. 해결책은 그저 고스란히 겪어내며 버텨내는 거 말고는 별다른 방법이 없었어요. 그러면서 내심 잘 버텨내는 저 자신이 기특했죠. 나 자신이 나약하기 그지없는 사람이라 여겼어요. 그렇게 해가 뜨면 아, 또 하루 시작이구나. 달이 뜨면 아, 하루가 지네. 또 내일이 오겠지! 이렇게 시간을 지우며 살았어요. 시간이 내 편만은 아니어도 항상 흐르고 있었어요. 그리고 죽을 만치 힘든 시간들이 계속되지는 않는다는 것을 알게 되었어요. 이거, 하나는 확실해요. 아무리 고통스런 시간도 언젠가는 끝난다는 것을요.

그렇게 한바탕 회오리가 몰아치고 사부작 평온함을 느끼게 될 즈음 몸이 스멀스멀 아팠어요. 복통이 계속됐고 온몸이 힘들었어요. 딱히 먹는 걸 즐기지 않았는데 하루 한 끼조차 먹기가 힘겨웠어요. 그때 문득 든 생각, 나 어디가 아픈가? 혹시 그런 거라면 내 사람들, 그리고 우리 강아지 아루는 어떡하지? 겁이 나더라구요.

다음날 병원에서 이런저런 검사를 받았어요. 요즘은 의학 기술이 좋아서 당일 날, 바로 위며 장내시경 검사가 가능해요. 그날, 모든 검사를 진행했어요. 그 과정에서 만신창이가 된 몸이 물 2리터를 마시던 중 저혈당으로 잠시 기절하는 난리를 치르기도 했지만 어쨌거나 검사를 무사히 마쳤어요. 결과요? 시간은 좀 걸리겠지만 치료하면 된대요. 위, 장, 혈당, 혈압… 죄다 빨간 불이 켜졌어요. 몸 안 아끼고 막 살아온 결과예요. 좋지 않은 결과를 받아들고도 방긋방긋 웃는 저를 보고 의사 선생님께서 그러셨어요.

"좋아하실 만한 결과가 아니네요. 치료 좀 오래 하셔야겠어요."

전 대답했죠.

"선생님! 진짜 무서운 병에 걸린 줄 알았어요. 이 정도면 엄청 감사해요."

어이없어하시는 의사 선생님과 마냥 즐거운 환자….

힘든 일 앞에 장사는 없어요. 난 괜찮다고 스스로 기특해 했지만 사실, 괜찮은 게 아니었어요. 몸이 조금씩 아파하고 있었어요. 괜찮다, 괜찮다 마시고 자신을 잘 살피고 보듬어 주세요. 겉으로는 멀쩡해도 내 어딘가가 아파하고 있을지도 모르니까요.

며느리발톱

김사윤

- 주책 맞구로 이래 넘어 졌겠노.
어머니는 조각난 뼈 탓에 수술대에 누웠다.
넘어지느라 꽉 다문 입술에 피가 배인 채.

- 올 필요가 없다 카는데 머하러 왔노?
그래. 이럴까 봐 오고 싶지 않았다. 괜히 왔다.
혹여 내게 누가 알릴까 저어한 채 다문 입술.

- 징글맞게 자랑하던 아들인가베. 할매 좋겠네
환자들이 아는 체를 한다. 바쁜 척 오지 말걸.
입술, 어머니의 그것은 고목 껍질마냥 건조하다.

발톱, 갈라지고 갈라져 멋대로 자란 뼛조각들
새끼발톱에 봉숭아 빛 매니큐어를 발랐다만,
두 갈래다. 내 마음처럼 갈라진 며느리발톱이다.

이른 저녁, 식판에 놓인 찬조차 서글프다.
장조림, 아내의 성의조차 눈치였을까.

– 요새 소고기가 마이 비쌀 낀데……

발톱 한 조각이 또 내 목에 걸린다

이른 저녁, 식판에 놓인 찬조차 서글프다.
장조림, 아내의 성의조차 눈치였을까.

발톱 한 조각이 또 내 목에 걸린다.

고통스럽더라도

12부

빠진다는 건

어느 시인의 시 세계에 빠져 푸른 미명이 붉은 빛으로 바뀔
때까지 시집을 읽다가 거울을 보니 눈이 퉁퉁 붓고 불그죽죽한
색이 되어 있었어요. 왕방울만한 눈이 실눈처럼 바뀌었고 아주
아주 시렸어요. 안과에 가니 급성 결막염이래요.

플라잉요가에 빠져 그네에 올라타 시키는 대로 매달리고 베
베 꼬고 공중에서 물구나무서기를 했어요. 어느 날 허벅지 안쪽
이 찢어지듯 아프기에 정형외과에 가니 근육이 놀라서 잘못하
면 근육이 손상된대요.

밸리 댄스에 빠져 골반 튕기기에 여념이 없었어요. 며칠 후,
허리에 빠직! 하고 통증이 느껴졌어요. 한의원에 가보니 한쪽 골
반 (밸리 자세는 주로 오른쪽으로 틀어 서서 해요)만 과잉 사용해 틀어짐
증상이 와서 허리에 무리가 생겼다고 해요.

비즈공예에 빠져 반짝이고 투명한 크리스털로 액세서리를
만들었어요. 하나를 완성하고 나면 또 다른 도안을 찾아다녔어
요. 밤새 만들고 또 만들었어요. 그러던 어느 날 책의 활자가 뿌

옅게 보였어요. 안간힘을 써서 눈을 부릅 떠봐도 흐릿하게 보였어요. 안과에선 과로로 난시 증상이 악화됐다 해요.

커피에 빠졌어요. 일어나자마자 커피 공방으로 달려가 핸드드립 커피와 더치커피를 내려 마시고 또 마셨어요. 밥 두 끼에 커피는 스무 잔을 마셨어요. 어느 날 자는데 나쁜 고양이 한 마리가 발톱을 세우고 내 가슴팍을 드드득 할퀴는 꿈을 꿨는데 그 아픔은 깨서도 여전했어요. 아침에 일어나니 구역질이 나고 신물이 울컥 올라와서 그대로 응급실로 갔어요. 위궤양이래요.

네일 케어를 받다가 네일 모델로 추천을 받고는 신이 나서는 부르면 바로 달려갔어요. 일주일이 멀다 하고 네일을 지우고 새로운 네일아트를 받았어요. 독한 아세톤으로 계속 지워대고 또다시 네일아트를 받다보니 손톱에 이상 증상이 생겼어요. 빗금을 그어 놓은 양 세로 줄무늬가 생기고 손톱이 종잇장처럼 얇아지더니 스치기만 해도 툭툭 부러지고 심지어는 손톱이 찢어졌어요. 원래의 손톱으로 회복되기까지 오랜 시간이 걸렸어요.

누군가를 좋아했어요. 눈을 뜨고 눈을 감는 순간이 온통 한 사람 생각뿐이었어요. 길을 걷다가도 멈춰 서서도 온통 한 사람 생각으로 가득했어요. 그는 떠났고 난 앓았어요. 그렇게 앓고 나니 몸무게가 옴팡 빠져 있었고 내 얼굴은 해골의 모습이었어요. 평생 가도 빠지지 않을 것 같던 허벅지살이 엄청 빠졌어요. 주변에서 자꾸만 물었어요. 살 어찌 뺐냐고요. 정말 아무것도 안 했는데 난감한 노릇이지요. 단지, 이별을 했을 뿐인데요

빠져든다는 건… 아픈 거예요.

어떤 선택

딸은 죽고 아내와는 이혼했고 연인은 배반했어요. 그 후, 낭만파 작곡가인 구스타프 말러는 작고 초라한 오두막으로 들어와 극도의 고통과 고독을 벗하며 교향곡 9번과 마지막 작품 10번을 작곡했어요. 예술가는 극도의 슬픔과 고통 속에 작품을 탄생시킨다고 해요. 훌륭한 작품을 남긴다는 것은 그만큼의 고통이 함께한다는 것이죠.

'너에게 예술적 재능을 줄게. 대신 매 순간이 고통일 거야.' 한다면 어떻게 할까요?

굳이 택하라면 훌륭한 작품을 안 남겨도 되니 고통 없이 편한 쪽을 택함이 옳을까요? 아님 고통과 함께 후세에 길이 남을 작품을 남기는 게 옳을까요?

국밥, 오늘도

김사윤

낡은 창, 서린 김에 이끌려 들어선 국밥집
뭔가 따스한 것이 그리웠던 걸까?

돼지 누린내 앞에서 멈칫하다 자리에 앉는다.
의자를 끌어당기기도 전에, 차림표를 보기도 전에
기염을 토하며 앞에 놓인 국밥, 뜨거운 국밥

마늘, 새우젓, 청양고추, 다진 양념들
그 뜨거운 동지애가 함께 놓인다.
옆자리 중년 사내 하나가 소주를 부르는데,
대신 할매가 대답한다.

"그만 처먹어라카이! 그칸다꼬 돌아오나!"

소주 대신 욕지거리를 던진다. 국밥이 식어 간다.
고개 숙인 사내의 눈에서 소주가 뚝뚝 떨어진다.
그야말로 못나 보인다. 나도 못나 보인다.
눈이 마주칠까 봐 밥을 모두 말았다.

국밥을 싫어한다. 돼지국밥은 더 싫어한다.
육수를 유영하는 정체 모를 부위들의 부대낌도
정도껏 간을 못 맞추는 난해함도 다 싫다.

뚝배기의 품을 벗어나지 못한 시어(詩語)들
어제처럼 비릿한 돼지국밥을 마주한 오늘이다.
비루한 내 삶의 투영처럼 반을 남겨두고
돌아서는 원조 할매 돼지국밥

애소리*

김사윤

어미가 쉴 수 없는 둥지, 푸르르 날개를 털고 날아오른다.
볏짚 한 가닥, 잔가지 하나라도 더한 덕에 실한 둥지는
뱀 대가리 하나 비집고 들어올 틈이 없다.

날갯짓, 어미가 품은 바람 소리에도 아가리를 벌리는 것들
둥지 안에는 온통 붉게 벌린 주둥이들이 분주하다.

시린 논물에 발을 담그고 몇 번의 수작 끝에 부리에 문 지렁이
농부가 겨냥한 돌팔매에 다리가 부러진 어미가 날아오른다.

다리 하나쯤은 내놓을 수 있다. 어미의 날개는 절룩이지 않는다.
둥지로 날아간다. 벌써 아가리를 벌리고 있을 둥지로 간다.
먹잇감이 꿈틀댈 때마다 어미는 부리를 꽉 다문다.

둥지가 기울어질까 쉼 없이 타다닥 날개를 파닥이는 어미
먹이가 떨어진 줄도 모르고 여태 벌린 아가리가 셋

어미가 닿은 둥지 가장자리에 핏물이 배였다. 또 날아오른다.
이번에는 목숨을 내놓아야 할지도 모른다.
보다 큰 돌멩이를 맞을지도 모른다.

다시 돌아가고 싶다. 어미도 두렵다. 둥지에서 쉬고 싶다.
돌아갈 수 없다. 어미는 돌아갈 수 없다. 둥지에서 쉴 수 없다.
날아가야 한다. 돌아올 수 없는 길이어도 날아가야만 한다.

지는 노을은 애소리들의 주둥이처럼 붉게 타오르는데
탕! 탕! 탕!
둥지로 돌아갈 어미가 또 하나 꺼져가는 소리.

* 날짐승의 어린 새끼를 일컫는 순우리말

고통스럽더라도

지는 노을은 애소리들의 주둥이처럼

붉게 타오르는데

탕! 탕! 탕!

둥지로 돌아갈 어미가

또 하나 꺼져가는 소리.

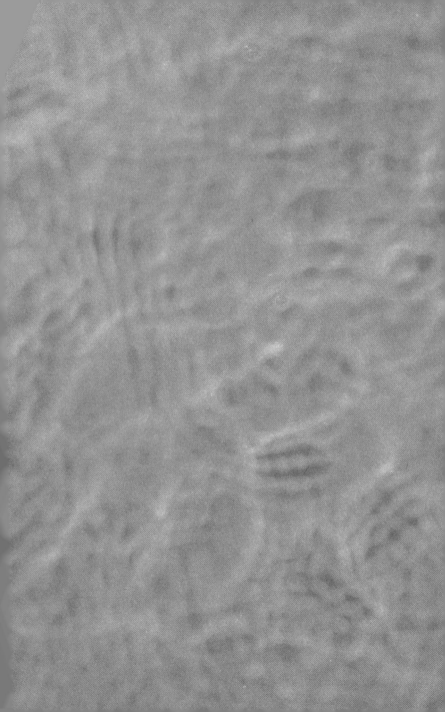

외
로
워
도

슬
퍼
도

13부

궤변

    독거노인의 횅한 눈빛에서 죽은 시간을 봅니다. 남루한 세간에 덕지덕지 붙어 있는 지독한 고독과 육신의 아픔보다 더 절절한 외로움이 주저하는 눈동자에 침잠되어 검게 덩어리져 보입니다. 그 고독과 외로움이 내게 전염될까 많이도 했던 외면은 그런다고 행복하지도 못하고 버리지도 보듬지도 못한 채 어쭙잖은 송구함만 한 짐 얹어들고 주절거립니다.

    그래서 봄이 시급하다고… 그에게도 나에게도.

13부

외로움이었나

어릴 적 초저녁 답이 되면
방울 소리와 함께
두부장수 아저씨가 지나갔어요.

때 맞춰 나지막이
교회당의 종소리가 울리면
어린 날의 하루가 저물어 갔어요.

해도 집으로 들어가고
아이들도 집으로 들어가고
나도 집으로 가야 해요

왜 저녁이 되면
돌아가야만 할까?
여읜 하늘과 푸르스름하게 멍든 공기가

목 끝까지 차오르면
울컥대는 목울음이 기어이
터지고 말았어요.

몰랐어요.
그것이 외로움이란 것을

마주보기

낯섦으로 가득했던 서로가 마주보며 미소를 짓고 서로의 틀 안으로 서로를 이끌어 들이고

자신과 같은 공기를 들이키길 원하지요. 자신이 숨 쉬던 공기로 서로를 채우고 낯섦이 익숙함이 될 즈음 내가 딛고 있는 바닥이 차가워지는 순간이 있어요.

그 차가움의 당혹스러움을 모른 척하고 살 수 있다면 우린 앞으로도 마주보기를 계속해낼 수 있을 거예요. 도톰한 수면양말을 더 좋은 것으로 장만을 하고 바닥의 차가움을 견뎌내려 애를 쓸 거예요. 어쩌면 우린 마주보기란 명목 하에 서로가 각자의 외로운 틀 속에 발을 내딛은 건지도 몰라요.

그러니 함께해도 외로운 거지요.

박쥐

김사윤

기원(祈願)하여 존재하는,
새가 아니어도 하늘을 난다
새가 아니어서 밤하늘을 난다

수천 년 생명의 비호(庇護)
앞다리 두고 날개를 얻었으니
진정 행복한가.

보이지는 않으나 느낄 수 있는
성대의 고통으로 감지하는
습한 기(氣)

선서(仙鼠)라 했던가.

어둠 속에서 빛나는 눈빛만으로

얼마나 외로운지

무리 지어 있어도 외로운

검은 그림자

두려울수록 갈아대던 이빨은

더없이 날카로워져 있지만

차마 냉혈(冷血)의 피(皮)

외로움의 잔해

꾸덕꾸덕 말려지고 있는 오징어가 장대 위 빨랫줄에 줄지어 매달려 있고 바닷가 조용한 마을의 노곤한 오후가 어제처럼 오늘도 매달려 있었어요. 오징어도 어촌 마을도 건조했어요.

이곳에 사는 사람들은 외롭지 않을까. 해질녘이면 가슴 언저리 서늘함을 어찌 달랠까 그들의 외로움에 쓸데없는 오지랖과 호기심이 생겨요. 밤도 낮인 양 번쩍대는 도시에서도 헛헛하다. 외롭다. 투정이 요란한데….

펜션 주인장께 술 한잔 받으면서 여쭤보니 명답을 주셨어요.

"근간 술을 먹잖여. 비가 와도 눈이 와도 날이 꾸물해도 술을 마셔. 집집마다 뒤란에 가보면 술병이 한무데기여."

웃었지만 그건 웃을 일이 아니었어요. 척박함, 가슴 시림이 그들이라고 없을까요. 아침나절 펜션을 나서며 한켠에 수북이 쌓인 술병이 외로움의 잔해임을 비로소 알게 됐어요.

선서(仙鼠)라 했던가.
어둠속에서 빛나는 그 눈빛만으로
얼마나 외로운지

말의
힘

14부

말의 힘

　며칠 전, 생일이었어요. 사실 전 생일 포함해 특별한 날을 그다지 좋아하지 않아요. 왠지 그날만은 무조건 행복해야 할 것 같은 날인데 막상 그리 행복하지 않았어요. 누군가가 깜짝 파티를 해 주거나 하면 어딘가로 도망치고 싶어져요. 헌데 이번에 몇 통의 메시지를 받았어요. 태어나 주어 고맙다는 말…. 그 말이 너무 감사했어요. 축 처져 있다가 퍼뜩 일어나 아령을 들고 막 운동을 했어요. 힘이 나더라고요. 행복한 날을 기대하지 않았는데 행복했어요. 그동안의 생일이 행복하지 않았던 이유는 생일을 기대했기 때문이고 그 기대에 미치지 못함에 실망이 되어 행복하지 못했던 것이었어요. 크게 기대를 않는다면 실망할 것도 없어요.

　그 어느 선물보다도 한 줄의 글, 한마디 말의 힘은 참으로 대단해요. 그 말 한마디면 충분해요. 나의 존재가 고맙다는 말을 선물로 들은 하루… 생일은 행복한 날이 맞네요.

나쁘지 않았다

토정비결 믿으시나요? 저는 여즉 믿지 않았어요. 좋은 게 있으면 꼭 나쁜 것도 있어서 결국은 그게, 그거…란 생각이고 매우 좋았던 적이 없어요. 그런데, 올해는 무조건 믿으려구요.

친구가 뽑아 준 토정비결은 눈을 비비고 다시 봤을 정도로 너무 어여쁘기 그지없는 운세였어요. 고목나무에 꽃이 피고 한여름에도 그늘을 만나 바람이 부니… 어찌됐건 하는 일, 만나는 사람들까지 죄다 좋아진다 하니 이런 좋은 운세는 여즉 어느 해에도 없었던 그야말로 눈물나게 좋은 운세였어요. 어찌나 좋던지 닳도록 보았어요. 그런데, 벌써 올해의 절반이나 지났네요. 그 좋다던 운세는 도대체 어디쯤서 결실을 보여 주려고 코빼기도 안 뵈는 걸까요? 친구에게 삐죽거리자 이 아줌마가 명언을 해줘요.

"야야! 니, 작년보다 더 나쁘지 않쟈? 그라마, 고마 된 기다 안 그렇나."

그런가요? 나쁘지 않았다면 된 걸까요? 그런데요. 자꾸 서운해요.

언어의 품격

오늘 그녀 때문에 배를 잡고 웃었어요. 그녀는 얼마 전, 홈쇼핑에서 속옷 세트를 저렴하게 무더기로 구입했대요. 도착한 속옷 세트를 받고 보니 브라는 맞는데 팬티가 사이즈가 안 맞더래요. 전화를 걸어 상담사와 통화를 해보니 부분 교환이 가능하대서 팬티만 교환하기로 했대요. 택배 기사님이 물건을 수거해가시고 새로 교환되어 온 물건을 주셨는데 도착한 물건은 팬티만 오면 되는데 또 세트로 왔대요. 그러니 브라는 다시 보내야 하는 상황이 되었어요. 택배기사님이 전화를 걸어 수거해 갈 물건이 부분교환이냐며 친절히 물으셨대요. 그녀는 이 상황을 젊은 남자 기사님께 어찌 설명할까 망설이다가

"팬티만 받으면 되는데 브라까지 왔어요. 해서 브라를 다시 보내야 해요."

라고 민망하기 그지없는 자세한 상황 설명을 할 수밖에 없었대요. 그러자 기사님 왈

"아, 그럼 하의는 빼고 상의만 재포장해서 보내시는 거 맞지요?"

라고 친절하게 물어보셨대요. 순간, 그녀 머릿속에 든 생각

'아, 뇌! 난 왜 저렇게 우아한 표현법이 생각 안 난 거지?'

마구 부끄러웠대요. 그 말을 듣고 깔깔 웃었지만 내심 뜨끔했어요. 나 또한 그녀와 별다르지 않거든요. 그러니 사람은 평생 배워야 해요.

역린(逆鱗)*

김사윤

또 그 이야기를 합니다.
기억에도 가물거리는 이야기를
또 그대는 끄집어냅니다.

만류하고 싶지만 당최 그대는
말을 듣지도 믿지도 않으니 설핏
졸음이 밀려옵니다.

시간을 되돌려 볼 수만 있다면
저 할 말이 있을 법도 한데
생각이 나지 않습니다.

* 용의 목 아래에 있는 직경 한 자쯤 되는 비늘, 즉 다른 비늘과는 반대 방향
  으로 나 있는 비늘을 건드리면 반드시 사람을 죽인다고 하는데, 이것만
  조심하면 용을 탈 수도 있다고 전해진다.

만류하고 싶지만 당최 그대는
말을 듣지도 믿지도 않으니
설핏 졸음이 밀려옵니다.

밥은 사랑입니다

15부

차려준 밥이 좋아

휴일 낮, 너구리 라면에 탱글한 봉지 굴 한 봉 넣고 끓여 식탁에 내어놓고는 반응을 살폈어요. 잘들 먹어요. 휴, 다행이에요. 또 한 끼 때웠어요. 여자의 일생 대부분을 따라다니는 것 중, 가장 힘겨운 것 중 하나는 가족들의 식사를 챙기는 일이에요. 매끼니 다른 음식으로 식사를 차려내야 한다는 것은 어려운 과제예요. 일에 쫓긴다는 핑계로 은근슬쩍 간편 조리 식품으로 대체하기도 하지만 라면을 끓여 내더라도 그럴 듯한 고명이라도 얹어 내야 덜 미안하거든요. 그래서인지 나 자신은 값비싼 음식이 아니어도 괜찮으니 누군가가 해 주는 음식이 가장 맛있어요.

그나저나 점심 한 끼 요령껏 때웠는데 저녁은 무얼 차리나 고민이에요.

밥으로 단결

어느 날엔 안절부절못하고 무에라도 몰두해야만 했어요. 친구들은 눈이 퀭해져 나타난 나를 보고 쟤가 또 시작이라며 웃어 댔어요. 자기들 멋대로 '계절병'이란 이름을 붙여 주기도 했고 '횟병'이라 하기도 했어요.

나름대로 처방을 해 주기도 했는데 이 처방전이 다 자기식이에요. 비싼 가방을 하나 사라고 한 그녀는 명품을 좋아하는 J고요. 콘서트를 보라고 한 그녀는 문화생활에 관심이 많은 M이고요. 묵묵히 안쓰러운 표정으로 바라만 보는 그녀는 얼마 전 나와 같은 병을 앓았던 Y예요.

카페에 앉은 여자 넷…. 한 명은 핸드폰으로 명품 가방을 폭풍 검색 중이고 한 명은 연예 기사란을 탐독 중이고 한 명은 먼 산을 응시하고 한 명은 커피 한 잔을 리필했어요. 그러다 배가 고프다는 한 명의 말 한마디에 모두 우르르 일어났어요. 서로 다른 네 명의 그녀들이 배고픔을 못 참는 공통점이 있다는 건 그녀들이 절친이 될 수 있는 참으로 고마운 조건이지요.

할머니의 도시락

아빠의 사업이 내리막길이었을 때 할머니 댁에서 고등학교를 다니게 되었어요. 여장부였던 할머니는 손이 크셨고 특히 어떤 경우에도 밥심이 보약이라며 지극정성으로 먹거리를 챙겨주셨어요. 게다가 할머니 댁에서 학교를 다니는 손녀가 행여 기죽을세라 온 정성을 다해 새벽부터 일어나 두 개의 도시락을 바리바리 싸 주셨지요. 그런데 전 그 도시락을 먹을 수가 없었어요. 할 수 없이 몰래 버리곤 했죠. 눈이 나쁜 할머니가 새벽잠을 쫓으며 서둘러 만드신 도시락엔 흰 쌀밥 틈에 짧막하고 뻣뻣한 흰 곱슬머리가 몇 개씩 나오기 일쑤였고 동그랑땡전이나 부침에는 검은 후라이팬 찌꺼기가 달라붙어 쇳가루를 씹듯 찌꺼기가 씹혔으며 심지어는 밥에 돌이 씹히기도 했어요. 어느 날은 반찬이 쉬어 있기도 했고 매일같이 도시락 열기가 고역이었어요. 그러다보니 버리는 것이 다반사고 도시락이 괴로운 존재가 되었어요.

어느 날, 참다못해 할머니에게 발끈 화를 내고 창피해서 도시락을 안 갖고 댕기겠다며 차라리 굶겠다고 쌩하니 집을 나섰죠.
그날 학교 수업 2교시가 넘어선 시간에 제가 좋아하던 윤리선생
님께서

"박경주가 누구냐? 얼마나 귀한 인물이길래 할머니가 도시락
을 택시 타고 배달해 주서? 게다가 위에 있는 것부터 식기 전에
먼저 먹으라며 신신당부를 하시드라. 뭔 냄새가 이리 고소하대?
맛보라고 좀 안 주냐?"

하시며 제게 보자기에 싼 도시락을 건네주시는 거였어요. 그
리고는 내용물이 궁금하신지 절 보며 열어보라 하셨어요. 전 안
봐도 알 수 있었어요. 덜 익힌 동그랑땡, 검정찌끼가 듬성듬성
묻어있는 계란말이, 머리카락이 섞인 밥…. 그걸 어찌 보여 드리
고 맛보시라고 권하겠어요. 냄새만 맛있는 그 도시락을요. 그 도
시락을 들고 30분이 넘게 걸리는 거리를 택시를 타고 오신 우리
할머니가 그땐 왜 그리 주책이고 못마땅하던지요. 윤리 선생님
은 야박하다며 돌아가셨고 절 볼 때마다 두고두고 그 얘길 하셨
어요. 대단한 손녀딸이라며….

그런데 할머니! 지금이었다면 예쁜 머리 두건을 선물로 드릴
텐데 말이에요. 두건을 쓰시고 도시락을 싸 주셨더라면 머리카
락은 안 나왔을 텐데요.

함께이기에

지나가다 보니 육교 밑 모퉁이 조붓한 공간에 노부부가 마주
앉아 고구마 순을 다듬고 계셨어요. 오밀조밀한 빨간 소쿠리 안
에는 가지며 애호박, 풋고추가 소담스레 담겨 있어요. 언젠가 보
니 마주보고 앉아 물 말은 밥 한 술 뜨고 계시더라고요. 그래도
다행이었어요. 소박한 끼니지만 함께여서 외롭지 않게 드셨을
거구요. 바람결도 다정했을 거예요. 두 분의 하루는 더디지 않았
을 거구요.

'그대와 영원히'라는 노랫말이 생각나요. 저 붉은 바다 해 끝
까지 그대와 함께하리. 이 세상이 변한다 해도 나의 사랑 그대와
영원히…. 두 분이 오래오래 마주앉아 함께 밥을 드셨으면 하는
바램을 갖었어요.

비녀, 툭 떨어지듯

김사윤

    톨스토이는 '이 세상에 죽음만큼 확실한 것은 없다. 그런데 사람들은 겨우살이 준비는 하면서도 정작 죽음은 준비하지 않는다'고 했다. 그러고 보면 우리는 하루를 살아가는 만큼, 하루씩 죽어가는 것이 분명하다. 그런데도 영원히 살 수 있을 것처럼 욕심을 부리기도 하고, 시기와 질투를 멈추지 않는다. 함부로 사람을 모함하고, 없는 말을 지어내는 것도 모자라서 이러한 것들을 '경쟁'이라고 미화시키는 짓도 예사롭다. 가장 그럴듯하게 설득력을 가지는 것이 유산을 풍족하게 남겨서 사랑하는 자녀들이 여유롭게 살아가기 위한 것이라고 한다. 여기에서 수많은 오류를 범하기도 한다. 다른 이들도 자녀를 사랑하기 때문이다.

    본인의 과욕으로 인해서 수많은 사람의 희생이 따르면, 결코 그 누구도 행복해질 수 없다. 시간이 지나면 모든 것들은 제자리로 돌아가기 때문이다. 죽음을 준비한다는 것은 살아가면서, 실수하거나 남에게 상처를 준 부분들을 반성하고 치유하면서 살아가는 것을 의미한다. 그리고 마침내 '0'에 이르렀을 때 성공적이라고 할 수 있다. 우리는 보통 사람들이다. 그래서 성인들처럼 그렇게까지 죽음을 준비할 수도, 그럴 여유도 없다. 하지만 최대한 거기에 가까워지는 것이 행복에 이르는 길임을 잊어서는 안 된다. 소크라테스조차도 죽음을 앞두고 아스클레피오스에게 닭 한 마리를 빚졌다고 고백을 한다. 그의 고백을 두고 여러 가지 해석들이 있지만 분명한 건 '빚'을 청산하려는 그의 의지가 죽음을 준비하는 하나의 의식이었다는 점이다. 죽으면 그만이라는 생각은 위험하기 짝이 없다. 삶의 시작을 그 누구도 알 수 없듯이 죽음 이후 새로운 시작의 여부도 알 수 없다. 윤회(輪廻)를 믿어서만이 아니다. 어찌 보면 윤리(倫理)를 믿는 편에 가깝다고 하겠다.

몇 해 전 친구에게서 전화가 왔다. 그는 담담하게 어머니의 부고를 필자에게 전했다. 그 목소리는 평소 '시간 되면 식사 한 끼 하자'고 말하는 것과 크게 다르지 않았다. 향년 86세. 친구의 어머니는 특별하지 않은 그의 목소리를 통해서 그렇게, 살아있는 세상과 이별을 고했다. 은행나무가 자지러지듯 노랗게 물들어 있는 진입로를 들어서자, 현대식 장례식장이 보였다. 친구는 건물 밖에서 담배를 피우다가 필자를 발견하고 '왔냐?'라고 인사를 건넸지만 대답하지 않았다. 식당에서 만난 것처럼 그는 아무렇지도 않아 보였고, 그 모습이 너무 실망스러웠기 때문이다. 그는 어머니에게 특별한 존재였다. 갈치구이 제 손으로 발라먹어본 적이 없을 만큼 귀하게 자란 그는 외동아들이었다.

"어제 술을 너무 많이 마셨지. 새벽 늦게 집에 들어왔는데, 어머니가 밥 먹으라고 이른 아침부터 자꾸 깨우시더군. 그래서 '지금 밥 먹으면 다 토할 것 같다'고 짜증을 부렸지. 그리고 느지막이 일어나서 보니 밥상에 보를 씌워놓고 나가셨더라. 늦어서 부랴부랴 그대로 출근했는데, 오후에 누나가 전화를 했더라고. 어머니 가셨다고" 친구는 고해성사하듯 단숨에 말을 하더니 담배 한 개비를 새로 꺼내 물었다. "아들 밥상 차려놓고 가시는 법이 어디 있어? 아들이 밥 먹는 거는 보고 가셔야지. 좀 기다려 주시든가. 반찬이 뭔 줄 아냐? 세상에, 계란말이하고 어묵조림하고…" 거기까지 이야기하던 친구가 고개를 숙였다. 담뱃불을 붙여주었다. 그걸로 끝이었다. 결혼하고 얼마 안 가 이혼을 했던 그 친구는 어머니와 단둘이 살다가 부랴부랴 집을 팔고, 자청해서 해외지사로 떠났다. 이제 그의 투정을 받아줄 사람이 남아 있지 않은 이 땅에서 더 이상의 미련도 없다고 했다. 필자는 기억한다. 어머니가 대장암 판정을 받고, 병원에서도 이미 늦었다고 했을 때, 그가 전국을 다니면서 귀하다는 것을 용케 구했고, 지극정성으로 완치시켰다는 것을 말이다. 물론 어머니에게 타박을 주는 것도 그는 잊지 않았다.

　친구의 어머니는 아들에게 마지막 밥상을 차려주는 일로 당신
의 죽음을 준비했으리라. 그녀로서는 그것이 최선이었을 것이다.
어쩌면 퇴근하고 돌아오는 아들에게 저녁상도 차려줄 수 있을 거
라고 믿었을지도 모르겠다. 고인에게 물어볼 수는 없지만, 마지막
순간에도 밥상에 보를 덮어 두고 떠나는 그녀의 삶이 얼마나 아름
답고 고귀한 것이었는지는 두말할 것도 없겠다. 물론 일상에 지친
아들은 어머니에게 마지막 투정을 부리고 말았다. 그 마지막 투정
때문에 가슴에 대못을 박은 채로 모든 것을 버리고 평생을 살아온
터전을 단숨에 박차고 떠나버렸지만, 그래도 그가 그녀를 얼마나
사랑했었는지를 알고 있기에 하루빨리 그가 자신을 용서해 줄 수
있는 날이 찾아오기를 기도하며 시 한 편을 남겼다.

　어머니, 당신의 가슴에 품은/한 서린 구름 서린 그리움 두고/그
리도 바삐 가시려는지//어머니, 그날 짐작하셨음에/못난 아들 늦
은 끼니/정성으로 차려 두고/허위허위 쉬 가시려는지//어머니, 하
얀 휘장 걸어두고/저 푸른, 세찬 달빛 서러움 타고/이내 끝내 가시
려는지//어머니! 어머니! 아! 어머니!/쉬어라 부르는 어머니! 어
머니!/아! 어머니!//끝내 떠나야 하시려는지//어머니, 낡은 비녀/
제 가슴에 꽂아두고 마침내/가고야 마시려는지.

친구의 어머니는 아들에게 마지막 밥상을
차려주는 일로 당신의 죽음을 준비했으리라.
어쩌면 퇴근하고 돌아오는 아들에게
저녁상도 차려줄 수 있을 거라고
믿었을지도 모르겠다.

괜
찮
아

16부

청바지는 죄가 없다

KTX를 탔어요. 잠시 까무룩 졸다가 눈을 떴는데 통로 쪽에서 백발의 어르신이 걸어오고 계셨어요. 걸음걸이가 어눌해 보이셨어요. 전 놀라 벌떡 일어났어요. 자릴 양보하려고요. 저와 눈이 마주친 어르신은 벌떡 일어난 저를 보고 의아한 표정을 지으며 제 앞자리에 앉으시는 거예요. 전 주춤주춤 다시 앉으며 잠시 생각을 정리했어요. 아뿔싸! 지금 제가 탄 것은 버스가 아닌 KTX잖아요. 자리 양보할 필요가 없었어요. 그냥 잠이나 계속 잘 것이지 이게 뭔 망신이래요? 게다가 벌떡 일어나다 청바지의 찢긴 부분이 협탁 모서리에 걸려 찌지직 더 찢어지는 불상사가 생기고 말았어요. 원래 조금 찢어졌었는데 이런 사정으로 더 많이 찢어지고 말았어요.

청바지는 아무 죄가 없어요. 지나친 저의 오지랖과 덜렁댐이 문제지요!

집 나간 아들과 햄버거

어느 추운 겨울날, 날씨보다 더 추운 건 10대 아들의 방황이었어요. 아들은 집을 나갔어요. 언제 올지 모르겠다며 기다리지 말라는 메시지가 왔어요. 마침 방학이긴 했지만 날은 추웠고 아들은 어렸어요. 다행히 친구와 같이 있는 듯했지만 톡도 문자도 답이 없었어요. 뜬눈으로 밤을 꼬박 새고는 아침이 되었는데도 여전히 아들에겐 답이 없었어요. 전 아들의 톡으로 아무 말도 않고 햄버거 기프트콘을 보냈어요. 이놈이 제일 좋아하는 음식이 햄버거거든요. 돈도 얼마 없을 아들놈이 끼니를 굶고 다닐까 걱정됐어요. 그러자 여즉, 엄마의 메시지를 깡그리 무시하던 아들에게 답이 왔어요.

"엄마, 배고팠는데… 고마워. 서울에 왔어. 오늘 갈 거야!"

그때 알았어요! 햄버거는 집 나간 아들도 돌아오게 한다는 것을요.

천천히 살아도 돼!

성격이 무지 급한 편이에요. 운전해 주는 차를 타는 경우가 많은데 운전자보다 더 빨리 조수석 문을 열어젖혀요. 물론, 안 열려요.

짜장면을 좋아해서 즐겨 먹어요. 다 비비기도 전에 한 입 넣어요. 먹다 보면 밑에 소복한 짜장 소스를 따로 먹게 돼요. 좀 싱겁긴 해요.

우편물을 잘 살펴 뜯지를 않아요. 서둘러 뜯다보면 내용물까지 잘 뜯겨요. 테이프로 종종 다시 붙여야 해요.

소설책이나 추리소설의 결말이 궁금해 못 참아요. 결국 마지막 장을 먼저 읽고 다시 처음으로 돌아와 모르는 척 결말까지 다시 읽어요.

인터넷으로 물건을 주문할 때 배송일이 오래 걸리는 건 주문하지 않아요. 당일 배송을 주로 선택해요. 택배기사님이 저같은 성격 급한 고객 때문에 더 바쁘시네요.

약속이 있을 때 주로 먼저 가서 기다리는 쪽이에요. 차가 막

16부

히면 안절부절못해요. 결국, 더 빨리 가겠답시고 도중에 내려 택
시를 타는 바람에 더 늦어요.

술을 마실 때 더디 취하는 건 별로예요. 벌컥벌컥 마시고는
빨리 취해요. 자주 듣는 말이 '천천히 드세요.'란 말이에요.

급한 성격만큼이나 급히 나이를 먹은 듯해요. 이젠 좀 천천
히, 느긋하게 세상을 보고 느끼며 살아도 괜찮을 듯해요. 조금만
느긋해 보자고 다짐해봅니다.

길, 봄

김사윤

내가 그대에게 가는 길은, 늘 그대가 내게 오는 길입니다.
갓 돋아난 날개 속에 숨겨둔 햇살을 털어내는 병아리처럼
거친 분노의 몸짓에도, 내게 머문 그대는 햇살입니다.

내가 그대에게 가는 길은, 그대로부터 멀어지는 길입니다.
그대가 한 걸음 다가올 때마다, 물새처럼 후다닥 달아납니다.
그대를 사랑할수록, 그대로부터 달아나는, 나는 바보입니다.

그대가 나에게 오는 길은, 그대를 잃어버리는 길입니다.
익숙하고 자연스러운 웃음도, 잃어버리고 걸어오는 길입니다.
낡고 왜소한 노를 저어, 긴 강을 건널 때처럼 위험한 길입니다.

그대와 내가 걸어가는 길은, 언제나 한 길입니다.
잡힐 듯 잡히지 않는 아지랑이처럼, 멀게만 느껴지다가도
무지개 되어, 서로에게 뿌리내리는 봄, 사랑입니다.

사랑은,
한 움큼씩 어둠을 베어 문 새벽 가로등처럼
저마다의 밝기로 오늘도 저만치 서 있겠지요.
우리는 비 맞는 가로등입니다

그
래
도

웃
을

수

있
음
에

17부

긍정 마인드

생각 없이 차문을 닫다가 오른쪽 가운뎃손가락이 끼고 말았어요. 눈물이 찔끔 날 정도로 아팠어요. 시간이 지나도 통증이 사그라들지 않았어요. 병원에 갔더니 다행히도 뼈는 괜찮다는데 손가락이 점점 더 부풀어 오르고 보기에도 검푸르고 흉측하게 변했어요.

아들 왈,

"엄마! X큐 할 때 좋겠다. 완전 세 보이잖아!"

아들아! 너의 그 긍정 마인드를 긍정적으로 웃으며 봐 줄 수 있는 엄마이고 싶구나.

누가 제일 좋아?

우리 집 큰 남자(남편)가 이런 말을 해요.

"넌 아루랑 있을 때 가장 행복해 보여."

아루는 우리 집 강아지예요. 순간 어, 맞어! 라고 할 뻔했지만 에이, 그럴리가! 라고 잽싸게 수습했어요. 집을 나와 있으면 아루가 가장 보고 싶어요. 길을 가다 산책하는 강아지를 보면 아루가 아른거려요. 전 이 녀석의 모든 게 너무 사랑스러워요.

한 번은 작은 남자(아들)가 물어요

"엄마는 무인도에 딱 한 명만 데려갈 수 있다면 아루지?"

절대! 절대! 대답하지 못했어요. 가정의 평화가 깨질 것 같아서요.

바보 복이

김사윤

골목 끝 집 복이는 웃는 것만 배웠다
가만히 있으면 맞고, 소리치면 더 맞는
우리의 복이는 맨날 웃기만 했다

때로는 웃는다고 맞는 날도 있었는데
화난 이와 우연히 마주치는 날에는
평소보다 더 맞았다.

복이는 그랬다

구구단을 못 외워서 놀림당한 복이는
그날 밤 동생에게 구구단을 배웠다.
다음 날 복이는 또 맞았다.

복이는 그랬다

갑자기 이사 간 복이는 두 번 다시
우리 동네에 나타나지 않았다

뒤도 돌아보지 않았다

바리스타가 될 뻔했어요

제 버킷리스트 중 하나가 커피숍을 차려 배우 공유님께 평생 쿠폰을 드리는 거라 바리스타 자격증을 따려고 야무지게 도전했어요. 친한 바리스타 사장님께서 하시는 커피 수업에 등록을 하고 매주 열심히 배웠지요. 헌데, 제가 소질이 있는지 꽤나 잘 하는 거예요. 선생님께서 조금이라도 더 가르쳐 주시려 해도 사뿐히 거절했어요. 전 잘했으니까요.

"선생님. 이만큼만 해도 충분해요. 제가 쫌 영민하잖아요."

매번 한 번만 더 연습하자고 해서도 전 냉큼 손 털고 나왔어요.

드디어 시험 당일, 시험 치르기 전에 총연습을 하는데 전 실수 하나 없이 완벽하게 잘했어요. 선생님도 학생들도 박수를 쳐 줬어요. 잠시 후, 시험 감독님이 들어오셨고 주의 사항을 말씀해 주셨어요. 윤경 씨가 먼저 치렀어요. 작은 실수는 있었지만 무난히 잘하더라고요. 그다음 제 순서예요. 이때까지만 해도 괜찮았는데 감독관님이 매의 눈길로 저를 바라보자 순간, 머릿속이 얼얼해지더니 아무것도 생각이 안 났어요.

"시작하겠습니다!"

일단 시작은 했는데 스팀을 안 뺐어요. 바닥 닦는 행주와 머신 닦는 행주를 섞어 사용해 버렸구요. 포터필터가 제대로 장착이 안 되고 헛돌아갔어요. 우유스팀이 겁나게 튀었구요. 카푸치노 온도가 따뜻하지 않았어요. 죄다 감점 요인이에요. 그다음에 뭔들 제대로 했겠어요. 그다음부터 제 담당 선생님께서 제 시선을 회피하시더군요.

그래요. 저, 떨어졌어요. 발표 후 선생님과 만나 커피를 한 잔 마시는데 외려, 제가 선생님을 위로해 드렸어요.

"선생님, 좀 더 완벽하게 연습해서 시험 한 번 더 보면 되죠. 저 말고 또 누가 떨어졌어요?"

우리 선생님 갑자기 먼 산을 보셔요.

"혹시, 떨어진 사람 저 혼자예요?"

우리 선생님 시선이 막 흩어져요.

"샘, 그럼 이전 기수에서 떨어진 분과 같이 보강할게요."

우리 선생님 또 먼 산을 봐요.

"혹시, 혹시요. 지금까지 떨어진 사람 저밖에 없나요? 그런 거예요?"

우리 선생님 시선이 아주, 아주… 먼 산을 자꾸 헤매요.

미안해요, 선생님! 제가 흑역사를 만들어 드리고 말았네요.

골목 끝 집 복이는 웃는 것만 배웠다.
가만히 있으면 맞고, 소리치면 더 맞는
우리의 복이는 맨날 웃기만 했다

우린 달라요

18부

생각이 다르다는 건

"따뜻한 라떼 주세요! 시럽 넣어주세요."

"저희 집은 직접 로스팅합니다. 일단 그냥 한 번 드셔보세요."

"그냥 시럽 넣어주세요!"

어쩔 수 없어요. 커피광인데도 아메리카노보다는 시럽을 넣은 라떼를 좋아해요. 이런 나를 안타까이 바라보는 바리스타님들에게 미안해도 어쩔 수 없어요. 아무리 잘 로스팅 된 커피라도 우유와 시럽이 필요해요. 순수한 커피 본연의 쓴맛을 선호하는 아메리카노 파와 달고 부드러운 맛을 좋아하는 카페라떼 파가 있지요. 입맛이 다르니까요.

친한 이웃 지기는 강아지가 너무 싫대요. 이유를 물어보니

"물컹거리고 뜨듯하고 냄새가 나서요."

라고 말해요. 저의 의견은 이렇거든요.

"몽실몽실하고 따뜻하고 고소한 냄새가 나요."

이렇게나 생각이 달라요. 사람마다 생김이 다르고 취향이 다른데 좋아하는 것이 저마다 다를 수 있어요.

그런데 말이죠. 좋아하면 차츰 닮아가더라고요. 요즘 부쩍 가까이 지내는 사람의 취향을 자꾸 따라가는데 이거, 그 사람을 좋아하는 거… 맞죠?

도형의 서(序)

김사윤

저마다 다르다
네모, 세모, 동그란 생각들
다른 이의 네모를 세모에 구겨 넣은 사람들
나의 세모를 다른 이의 동그라미에
채워 넣는 사람들
그들의 도형은
매번 달라지는 듯 보여도 결국,
하나의 틀 안에서 벗어나지 못한다

저마다 다르다.

처음부터 맞지 않는 생각에

덧댄 수많은 상념이 맞춰지고 잘려져서

버려진 생각들이 누군가에겐 소중하고

또 누군가에겐 가벼운 재채기처럼

지나쳐 버리는, 아픈 상처는

저마다 다르다

뽑힌 이유

귀밑에 뾰족이 돋아난 흰 머리칼 하나가 왠지 귀여웠어요. 말 안 듣는 꼬맹이처럼 고집스레 결 반대 방향으로 비죽하게 서 있더라고요. 안 뽑고 놔뒀어요. 귀 뒤로 머릴 쓸어 넘길 때마다 갸가 자꾸 고개를 내미는 걸 보고 웃음이 나왔어요.

가끔, 반대 방향으로 튀고 싶을 때가 있어요. 날 닮은 삐죽이 솟은 흰 머리칼 하나…. 어느 더운 날 머리카락을 집게 핀으로 틀어 올리고 외출했다가 친구를 만났어요. 그런데 앗! 하는 사이에 그녀는 내 흰 머리카락을 잽싸게 잡아 뽑았어요.

"어? 놔둔 건데."

"왜?"

"귀엽잖아."

"미쳤나! 뭐가 귀엽노? 내 거 하나 줄까?"

흠, 어디 가나 튀면 살아남기 어려운 세상이에요.

누군가에겐 소중하고
또 누군가에겐 가벼운 재채기처럼
지나쳐 버리는, 아픈 상처는
저마다 다르다.

친구라는
이름

19부

되돌려 받는 일은 슬픈 일

사업을 하시는 아빠는 어렸을 적 술을 드시고 늦게 귀가하는 날이 잦았어요. 그런 날이면 아빠는 자는 나를 깨워 볼을 부비시며 어린 내가 받기에는 과분한 용돈을 쥐어 주셨어요. 어떤 날은 내가 좋아하는 '마론 인형'과 인형 옷을 사 오시기도 했고요. 어린 나는 술 드시고 늦게 귀가하시는 아빠가 내심 좋았어요. 아빠가 술 드시는 날이 잦아질수록 난 풍족했어요. 다른 친구들은 어쩌다 한 개씩 있는 마론 인형이 내겐 다른 종류로 여러 개가 있었고 인형 옷은 박스 그득했어요.

어느 날, 놀러 온 친구 하나가 자기는 마론 인형이 없다며 눈을 떼지 못했어요. 난 선뜻 원더우먼을 닮은 마론 인형을 그 애에게 주었어요. 그 애의 좋아하는 모습에 마냥 뿌듯했어요. 그런데 그날 저녁… 그 친구가 찾아왔어요. 그 애는 울먹이며

"이거 엄마가 돌려주고 오래."

하며 인형을 돌려주고 갔어요. 눈물을 글썽이며 돌아가는 그 애를 망연히 바라보며 나도 눈물이 찔끔 났지만 내가 무엇을 잘

못했는지 당최 알 수가 없었어요. 값나가는 인형을 받아온 친구를 그 애 엄마는 혼을 냈나 봐요. 까닭은 잘 모르겠지만 내 호의가 그 애를 슬프게 한 것 같아 절절맸어요. 나도 엄마에게 혼이 났어요.

그 어린 날… 난 알게 됐어요. 준 것을 되돌려 받는다는 건 마음 아픈 일이라는 것을요. 그건 주었던 마음을 되돌려 받는 거였어요. 어른이 되고 나서야 무언가를 줄 때도 상대를 헤아려야 한다는 것을 깨달았지요.

그 많던 마론 인형은 어디로 갔을까요?

친구여서

그녀는 낯선 타지에서 친구가 되어 주었어요. 망둥이 같은 저를 한결같이 곱고 따뜻하게 다독여 주었어요.

"난요, 학교 다닐 때 책을 넣은 보자기를 울러 매고 다녔어요. 학교 마치면 꼴 베러 다녔구요. 학교 마치고 집에 갈 때 배가 고프잖아요. 그러면 남의 집 밭에 주렁주렁 매달린 토마토를 하나 따서 우걱우걱 씹어 먹으며 집으로 갔어요. 그 토마토가 얼마나 달콤하던지요."

그녀는 안동 촌 출신이래요.

"난요, 모래 먼지 폴폴 날리는 서울서 학교를 다녔어요. 쓰리 세븐 빨간 가방을 메고 학교에 다녔어요. 집에 갈 때 문방구에서 파는 떡볶이가 얼마나 맛있던지요. 헌데, 안동과 서울에서 자란 우리가 40여 년이 지난 지금, 이곳에서 친구가 되어 마주 보고 술잔을 기울이고 있네요."

그대라는 친구가 없었다면 난 낯선 타지에서 외롭기 그지없었을 거예요. 그대라는 친구가 참 고마워요.

속았다

친하게 지내는 이웃 아줌마 몇이 친구가 되어 몇 년째 계모임을 하고 있어요. 몇 달에 한 번씩은 술자리를 함께하기도 해요. 그중 미정 씨는 말수가 적고 있는 듯, 마는 듯 늘 조용했어요. 몇해 전, 그녀가 이사를 하게 되어 송년회를 해주었어요. 평소 술을 입에 대지 않던 그녀가 그날따라 맥주를 거푸 몇 잔 들이켰어요. 그러더니 깜짝 놀랄 사실을 고백하는 것이었어요. 자신의 남편이 '대머리'라는 것이었어요. 세상에나! 뭐, 대단할 것 없는 사실에 뭐 그리 호들갑이냐고요? 그도 그럴 것이 그녀의 남편은 숱이 엄청 많았어요. 여태 가발로 그것을 감추고 살아 온 거예요. 그 누구도 눈치를 못 챌 정도로 정말이지 감쪽같았어요. 외려 그 나이에도 무성한 머리숱과 까만 머릿결을 잘 유지하고 있는 것이 놀라울 정도였어요. 더 놀랄 일은 자기 시댁에서조차 이 사실을 모른다는 거였어요. 게다가, 그녀 역시 남편이 대머리란 사실을 연애 기간 동안 전혀 몰랐다가 신혼여행 첫날밤 알았고 해요. 너무 충격적이고 쓰라린 배신감에 신혼 첫날밤에 하염

없이 베갯잇을 적셨다고 해요.

사랑에 대한 믿음이 약해서였을까요? 아님, 사랑을 지키고 싶어서였을까요? 그날 이후 그녀의 남편과 마주치면 자꾸 그분의 머리 정수리 쪽을 빤히 보는 버릇이 생겼어요. 가발은 정수리가 안 보인다는 말을 누군가에게 듣고 나서부터였어요.

넌 나에게

넌 네게 무슨 일이 있을 때 전화를 하지
난 네게 무슨 일이 있을까 전화를 해

넌 배고프면 밥 먹었냐고 묻곤 하지
난 배부르면 네게 밥 먹었냐고 물어봐

넌 가끔 내 생각이 난다고 연락을 하지
난 네 생각을 하지 않을 때가 없어

넌 내가 화를 내면 설명을 하라고 하지
난 설명을 할 때마다 화를 내는 너를 봐

넌 내게 좋은 친구라고 하지
난 네게 좋은 친구였으면 해

넌 내게 지나는 길에 들렀다고 하지
난 네게 일부러 찾아가곤 해

넌 내게 추억 중의 하나라고 하지
난 너에 대한 추억 말고는 없어

우리는 친구라고 부르지

넌 내게 추억 중의 하나라고 하지.
난 너에 대한 추억 말고는 없지.

우리는 친구라고 부르지

가족이란 이름

20부

도토리가 변했다

아이가 대여섯 살 무렵 아빠와 동네 산을 다녀와서

"엄마!"

하고 큰 소리로 부르더니 냅다 달려와 자랑스레 내 손바닥 위에 올려놓아 준 것은 작고 매끈매끈한 도토리 한 알이었어요. 아이를 꼭 닮은 그 도토리 한 알이 너무도 앙증맞고 사랑스러워 눈물을 찔끔 흘리고 말았어요. 장식장에 고이 넣어두고 문득문득 꺼내 보고는 미소 짓게 하던 그 도토리 한 알은 몇 년 동안 썩지도 않고 그렇게 자리를 지키고 있었어요. 그렇게 매끈매끈 도토리를 닮았던 품 안의 아이가 변해갔어요. 질풍노도의 파도를 거세게 겪으면서 거칠고 울퉁불퉁한 솔방울의 모습이 되었어요.

문득 장식장 안의 도토리가 떠올랐어요. 도토리는 거기 없었어요. 솔방울을 갖다 놔야 할까요? 도토리만 보면 왜 눈물이 나려 할까요?

엄마와 라디오

엄마는 젊은 시절 예뻤어요. 초등학교 교사였던 엄마는 가는 곳마다 여왕 대접을 받았고 당당하고 도도했으며 타인의 삶에는 전혀 관심이 없었어요.

그러다가 아빠의 잘 나가던 사업이 실패를 거듭 겪고 급기야는 급작스레 아빠가 돌아가시자 엄마는 혼자가 되었어요.

얼마 전, 친정에서 며칠 지내면서 밤늦게까지 엄마와 도란도란 이야기를 나누다 잠이 들었어요. 문득 음악 소리에 깨보니 새벽 3시였어요. 라디오가 여전히 켜져 있었는데 엄마는 개의치 않고 평온히 주무시고 있었어요. 잠결에 엄마는 라디오를 끄지 말라고 하셨어요.

엄마는 혼자가 되신 후 긴긴 밤들을 라디오를 켜놓고 주무시면서 외로움을 견뎠던 거예요. 엄마는 그렇지 않을 줄 알았어요. 엄마는 외로움 따위 아랑곳하지 않고 늘 그렇듯 당당하게 사실 줄 알았어요. 그 밤, 엄마의 외로움을 보고 말았어요.

해바라기

김사윤

해바라기 앞에서 그를 닮은 햇살과 마주한 추억이 새롭다. 곱게 한복을 차려입은 어머니의 치맛자락을 부여잡고 한껏 멋을 부린 삼남매는 그렇게 얼굴을 찌푸리고 흑백사진으로 남았다.

희망의 상징으로 남은 꽃술은 꿀벌의 엉덩이와 닮아있다. 고흐의 무너진 애증의 흐트러짐이 배여든 씨앗처럼 노란 잎들이 넓어질수록 그 끝은 멀어져만 가고 마침내 헤어져 흩날린다.

다시 찾은 어린 날의 그 공원에서 비를 만나려는가. 흐려지는 눈동자를 가로지르는 빗줄기는 마침내 씨앗마다 맺히고 눈물처럼 빗방울이 맺히고 하늘을 올려다보는가.

우리가 꿈꾸던 세상은 늘 건들거리며 흔들리고 어떤 게 진실이고 어떤 게 거짓인지 모르는 값진 세상의 천박스러움에 회의가 남고 기어이 뒤돌아서려는가.

미련스러운 해바라기의 해는 한 번도, 단 한 번도 해바라기만을 위해서 비춰준 적 없는 해는 조금도 미안해할 이유도 없는 해는 오늘도 바라기를 기억하는가

곱게 한복을 차려입은 어머니의
치맛자락을 부여잡고
한껏 멋을 부린 삼남매는 그렇게
얼굴을 찌푸리고 흑백사진으로 남았다.

세상의 모든 엄마

21부

아름다운 이름 엄마!

가끔 그들의 어린 시절 이야기가 동화처럼 신비로울 때가 있다.

어려서부터 별나게 잠이 많고 별나게 자기주장이 강한 그는 어느 날… 하굣길에 500원만 있으면 책 한 질을 준다는 달콤한 말에 꾀여 봉고차에 덜렁 올라타서 500원을 내밀었다고 한다. 주소와 전화번호를 적고 낑낑대며 한 보퉁이의 책을 들고 집에 오자 어머니는 웬 거냐며 자초지종을 물으셨고 이야기를 다 들으시고 "좋은 책 잘 샀네!" 하시며 머리를 쓰다듬어 주시며 칭찬을 해주셨다고 한다. 결국, 책 할부 값을 고스란히 물으셨을 테지만 무겁게 책을 들고 와 뿌듯하게 자랑을 하는 아들의 기를 꺾지 않으시려 조용히 뒷감당을 해주신 그 어머니의 아들은 훗날, 시인이 되었다. 그리고 여전히 잠이 많고 여전히 잘 낚이며 살고 있다.

넉넉하지 않은 집안의 막둥이 아들인 그가 학교에서 돌아오면 어머니는 늘 맛있는 떡볶이를 해 주셨다. 떡볶이가 세상에서 가장 맛있었을 나이, 엄마의 맛있는 떡볶이로 친구들에게 우쭐했던 그는 하루가 멀다 하고 친구들을 데려왔고 그때마다 어머니는 푸짐하게 떡볶이를 해서 아이들에게 양껏 먹이셨다. 어린 그는 집안 사정은 아랑곳하지 않고 친구들을 데려오는 것이 마냥 즐거웠다. 너무 자주 오는 게 미안했던 친구들은 떡볶이 재료를 가져오기도 하였다. 그는 나중에야 알았다. 어머니는 막둥이 떡볶이 바라지를 하시느라 없는 살림에 1년에 몇 차례나 장을 담그셨다고 한다. 그 어머니의 아들은 훗날, 성악가가 되었다. 그리고 여전히 사람들을 좋아하고 여전히 떡볶이를 좋아한다.

열 살, 아이가 좋아하던 건 오로지 책이었다. 책만 있다면 노는 것도 마다하고 방에 콕 박혀 책을 읽었다. 그렇게 밤을 새는 일이 잦아졌다. 엄마는 공부도 아무것도 않고 책만 읽는 딸이 걱정되어 급기야는 책을 숨기셨다. 가끔 한 권씩만 책을 내어주셨는데 아이는 그게 그리 감질났다. 엄마가 안 계실 때 아이는 집을 뒤져 책을 숨겨둔 곳을 찾아냈고 엄마 눈을 피해 야곰야곰 책을 꺼내 읽었다. 얼마 못 가 한 질의 책을 다 읽었고 아이의 눈은 실핏줄이 터져 붉게 충혈이 되었다. 엄마는 그 이유를 알게 되었고 혼을 내는 대신 삼성당 책 한 질을 그 자리에 갖다 놓으셨다.

그 어머니의 딸은 훗날, 작가가 되었고 여전히 책을 좋아한다.

된서린 기억

김사윤

어머니의 된장찌개는 흙빛과 닮아 있다
마치 대지를 한 움큼 집어 뿌려 놓은 듯
황톳빛으로 물들어 가는 하루

햇빛에 단 고추를 빗금 쳐 썰어 넣고
충혈된 아버지의 눈빛처럼 두려운 기억이
붉게 붉게 물들어 가는 하루

된장찌개는 늘 그립고 슬픈 유화처럼
두터운 기억으로 내 눈을 가린다

가랑잎 별이 지다

김사윤

벚꽃이 만개한 나무 그늘 아래를
아들보다 앞서 허위허위 걸어가시는 아버지
그분의 야윈 두 다리가 눈물겨운 화창한 날
가랑잎처럼 바람의 결을 따라 떠나실까 두려운 날
꽃놀이라, 내게 이 무슨 놀이가 될까

계곡을 매운 사람들의 이마에
꽃잎들이 내리고 미소로 바라보는 고운 어머니
그분의 주름진 뺨이 눈물겨운 화창한 날
가랑잎처럼 바람의 결을 따라 떠나실까 두려운 날
꽃놀이라. 내게 이 무슨 놀이가 될까.

흰빛이라 더 서러운 벚꽃들이
왜 것이라 할 이유를 찾을 여유도 없는
나의 주름지고 야윈 하루는 가랑잎처럼
바람의 결을 따라 떠나실까 내가 두려운
꽃놀이일 뿐 아무것도 아니다

그대와 함께라면

22부

어떤 감사

　　허름한 오두막 남루한 방 한 칸이어도 그대와 함께라면 오손도손 둘이 살아낼 줄 알았어요. 부신 햇살에 눈 뜨고 지는 노을에 심장이 저릿해도 따뜻한 온기 전해 줄 그대만 있다면 될 줄 알았어요. 한 보시기의 시큼한 김치만 얹은 허접한 밥상이라도 그대와 마주앉아 한술 뜨는 그런 저녁은 마음 그득 풍요로운 호사일 줄 알았어요. 살면서 더 기도할 일 뭐가 있을까, 전부인 그대만 함께한다면…. 그리 믿고 단 하나 그대만 원했어요. 나는 축복받은 사람임이 분명해서 기도하며 오직 그대만 바랬는데 지친 몸 누일 집도 있고, 하얀색 자동차에, 그대를 닮은 아들에 배불리 먹을 음식에 너무도 많은 걸 채워 주셨어요.

　　그렇다면 엄청 감사해야 하는 거지요. 암만, 그렇고 말고요.

소원을 말해봐

그는 오랜 시간 내 남자 친구였어요. 그런데 다 내어주지 않았어요. '결혼은 미친 짓'이라 여겼고 자유로운 영혼이길 원했어요. 절반, 딱 그만큼만 주었어요.

푸르디푸른 여름날, 함께 속초로 여행을 갔어요. 밤하늘을 바라보는데 별똥별이 휘리릭 떨어졌어요. 난생 처음 보는 광경에 일순 숨이 멎을 것 같았죠. 언젠가 별똥별이 떨어지는 찰나에 소원을 빌면 이루어진다는 말이 생각났어요. 허겁지겁 소원을 빌었어요.

'옆에 있는 이 남자가 온전히 제 남자가 되게 해 주세요.'

간절한 소망으로 빌었어요. 그 간절함은 별똥별의 전설을 무한 신뢰함의 결과였지요. 그 기도 덕분이었을까요. 그때의 그 남자 친구는 지금 내 남자가 되었어요.

헌데, 그때 그 소원을 빌지 말았어야 했을까요? 더 큰 소원을 빌었어야 했을까요? 가끔 마음이 삐딱선을 타요!

서로가 전부입니다

김사윤

서로가 전부입니다
바라보는 곳이 서로 다르다고 해서
서로가 다른 곳을 바라본다고 해서
헤어져 있는 시간이 아니랍니다.

서로가 전부입니다
한 치 앞도 볼 수 없는 안개에 싸여
그대 얼굴조차 마주 볼 수 없다고 해서
잊힌 시간이 아니랍니다.

서로가 전부입니다
그대 지나간 길에 그림자 되짚으며
홀연 사라진 기억에 슬퍼진다고 해서
모두 지워진 건 아니랍니다.

서로가 전부입니다
잊으려 애쓰는 공간의 무심함 속에
여유로운 회상의 휘파람 소리가 들려도
그대가 떠난 건 아니랍니다.

함께여서 아파요

사람 간의 관계에 대해 생각해 볼 때가 있어요. 그 관계란 것이 씨실과 날실의 촘촘한 엮임과 같아서 한 사람과의 관계가 친밀해지면 그 사람의 주변인도 그 사람의 희로애락도 공유하게 되지요. 가끔 그 사람과 얽힌 관계도로 인해 상처를 받기도 해요. 행복한 관계만을 기대하긴 어려운 게 당연할 지라도 왜 난, 그대 때문에 이다지도 아프지? 한숨짓기도 해요. 누구하고라도 행복할 수만은 없어요. 한 번은 집안 일로 어려운 위기가 있을 때 내 짝꿍에게 생떼를 부린 적도 있어요.

"빨랑 해결해줘! 자기가 나한테 그랬잖아. 어려운 건 자기가 다 책임진다며, 행복하게 해 준다며?"

짝꿍뿐일까요? 다 함께 행복하고 싶은데 어렵지요. 가족은 너무 많은 걸 함께해서 행복할 수만은 없나 봐요. 가장 기쁠 때도 가장 슬플 때도 가족이 떠오르는 건 운명일 거예요. 가족이 행복했음 좋겠어요. 그래야 내가 살고 그래야 내가 행복해요.

잊으려 애쓰는 공간의 무심함 속에
여유로운 회상의 휘파람 소리가 들려도
그대가 떠난 건 아니랍니다.

서로가 전부입니다

그래도 사랑

23부

아끼는 것

핫도그를 먹을 땐 겉 부분을 야금야금 먹은 후 남은 소시지를 나중에 먹곤 했지요. 어릴 적 핫도그를 아껴서 오래 먹는 방법이었어요. 아끼다 나중에 먹는 버릇은 지금도 남아서 씨푸드 샐러드를 먹을 땐 탱탱한 새우 하나를 나중에 먹고 카페라떼를 마실 땐 마지막 한 모금을 남겨두고 나올 무렵에 마셔요. 좋아하는 책은 마지막 챕터를 뜸을 들이며 읽어요. 좋아하는 옷은 아끼고 걸어두었다가 결국, 다음 해에 유행이 지나서 못 입은 경우도 종종 있어요.

사람은 어떨까? 를 생각해보았어요. 그러고 보니 사람에게는 예외였어요. 좋아하는 마음이 생길수록 자주 보고 그 사람의 더 많은 것을 갖으려고 조바심 냈던 것 같아요. 안 그러면 불안했으니까요. 사람도 아끼고 소중하다면 조금씩, 서서히 스몄어야 하는 걸까요. 때론 이런 의구심이 후회를 낳곤 해요.

같이 죽자!

한때 그가 전부였던 때가 있었어요. 그때는 시절이 하수상하여 북이 쳐들어오네… 하며 당장이라도 전쟁이 터질 것같이 소란스러울 때였어요.

그가 전부였던 때였어요. 난 얼른 그에게로 튈 준비를 했어요. 그는 지방 발령을 받아 근무 중이었어요. 갖고 있던 금붙이며 통장이며 바리바리 챙기고 여차하면 고속터미널로 달려갈 요량이었죠. 부모님께 편지도 한 통 적어놨어요. 마침 그에게 전화가 왔어요.

"뭐하냐?"
"짐 싸."
"짐은 왜?"
"전쟁 나면 오빠한테 가려구."
"뭐?"

깔깔 숨넘어가게 웃어대는 그가 야속하다 못해 급기야는 난 우왕 울음을 터뜨리고 말았어요.

"왜 웃어? 전쟁 나면 오빠랑 같이 죽을 거야."
"으이그, 전쟁이 그리 쉽게 나냐? 안심하고 어여 잠이나 자라."

딸자식 키워봤자 다 소용없다죠? 지금은 어떤 마음일까요? 지구에 종말이 온다면 전 누구와 마지막을 함께하고 싶을까요? 그때의 그 오빠는 제 곁에 있는데 말이죠.

여름날 흰 눈이 내리면

뜨거운 여름날 햇살 대신 흰 눈이 흩날린다면 그건, 기적이겠죠. 사람들은 그 거짓 같은 기적 앞에 우왕좌왕 수선을 떨 테고 전국의 매스컴들은 지구의 종말이 올 것처럼 시시각각 속보를 내보낼 거예요. 사진작가들은 카메라 셔터를 누를 테고 시인들은 시를 읊겠죠. 10대 소년, 소녀들은 교실 창가에 붙어 이 난리통을 핑계로 수업 안 할 꼼수를 부릴 거예요.

나는 딱 한 사람에게 메시지를 보내렵니다. 지금 보고 있냐고….

사랑한다는 말 한마디

코로나 사태로 인해 명절 연휴에 이동을 자제하기로 했어요. 못 간다고 전하니 전화기 너머 엄마 목소리에 서운함이 그득해요. 그러면서 요상한 말씀을 하세요.

"내가 아파 입원하면 연명치료 그딴 거 하지 마라! 그거 절대 환자를 위한 거 아니다. 병원 좋은 일만 시키는 거야."

공감이 가기도 했지만요. 듣는데 울컥했어요.

"명절 앞두고 왜 그런 말씀을 하세요? 심란하게."

그러자 엄마는 한술 더 떠요.

"사람이 죽을 때 청각이 제일 오래 살아있대. 마지막으로 하고 싶은 말을 해 주면 들을 수 있대. 사랑한다던지 그런 말….."

아하! 그거였구나. 그 말이 듣고 싶으셨던 거예요? 내가 아무 말 않고 키득키득 웃자 엄마는 급히 대화를 돌려요. 맛있는 청국장을 보내주시겠대요.

사랑한단 말. 이 말 참 못해요. 연애 때도 이 말을 못 해서 상대에게 구박 아닌 구박을 받았어요. 너무 엄청난 말이라 그 말을

뱉는 순간 훌훌 날아갈 것만 같아서요. 사랑하면 굳이 말 안 해
도 다 알지 않을까요?

사랑, 그 사랑

김사윤

말로 다 하는 사랑 그 사랑 누가 못할까요
사랑하게 되면 가슴이 떨려 아무 말도 할 수 없고
성큼 다가서는 것도 힘이 드는 사랑인걸요
먼저 내게 손을 내밀면 두 손 뒤로 감추는 사랑
그 사랑이 어찌 그리 쉬울까요

말로 다 하는 사랑 그 사랑 누가 못할까요
사랑하는 이에게 우쭐대고 싶어 거짓을 말하고
들킬까 두려워 더 큰 거짓말을 하는 사랑인걸요
먼저 내게 괜찮다, 말하면 고개를 떨구는 그런 사랑
그 사랑이 어찌 그리 쉬울까요

말로 다 하는 사랑 그 사랑 누가 못할까요
힘겨운 사랑으로 만난 것도 잊은 채 다투고 돌아설 때
일부러 뒤돌아보지 않고 걸어가던 사랑인걸요
어두운 하늘 아래 등 뒤의 사람이 비를 맞던 사랑
그 사랑이 어찌 그리 쉬울까요

말로 다 하는 사랑 그 사랑 누가 못할까요
사랑만큼 쉬운 것이 아니라 사랑이 아니어서 그 사랑이
쉬운 것임을 모르는 이들이 너무 많은걸요
아프고 힘들고 외로워서 사랑이 아닌 그런 사랑
그 사랑이 어찌 그리 쉬울까요

말로 다 하는 사랑 그 사랑 누가 못할까요
그 사랑이 어찌 이리 어려울까요

유성(流星)

김사윤

분노에 찬 돌멩이 하나가 산속으로 떨어졌다.
별이라고 불러야지. 별이라고 믿어야지
뜨거운 심장을 안은 어둠의 산이 잠시 붉었던가

별 하나를 잃은 하늘이 나를 내려다본다.
그대를 잃은 나는 하늘을 올려다보며 운다.
남은 별들이 남은 그리움을 위로하며 빛났던가

그대를 사랑하는 내 마음이 하늘에 있을 때
나를 사랑하는 그대의 마음은 땅에 있었다.
하늘을 잃은 돌멩이와 땅을 잃은 내가 또 운다

그대를 사랑하는 내 마음이 하늘에 있을 때
나를 사랑하는 그대의 마음은 땅에 있었다.

다시 내릴 비

초판 1쇄 인쇄 · 2022년 9월 5일
초판 1쇄 발행 · 2022년 9월 12일

지은이 · 김사윤, 박경주
펴낸이 · 천정한
펴낸곳 · 도서출판 정한책방

출판등록 · 2019년 4월 10일 제2019−000037호
주소 · (서울본사) 서울 은평구 은평로3길 34-2
　　　　　(충북지사) 충북 괴산군 청천면 청천10길 4
전화 · 070−7724−4005
팩스 · 02−6971−8784
블로그 · http://blog.naver.com/junghanbooks
이메일 · junghanbooks@naver.com

ISBN 979-11-87685-85-2 03810

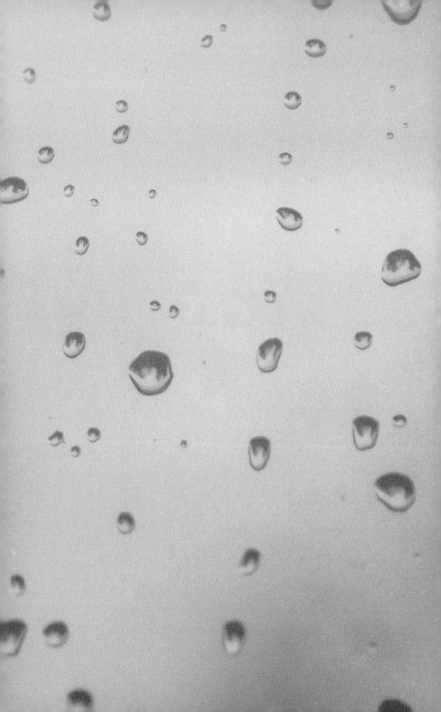

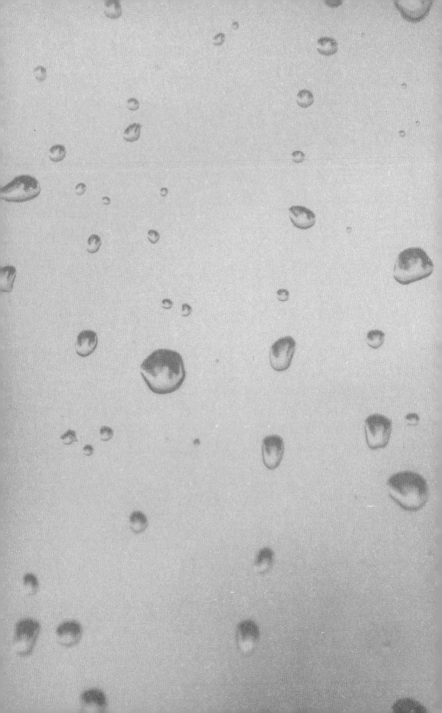